文春文庫

花妖譚

司馬遼太郎

文藝春秋

花妖譚◎目次

花妖譚

森の美少年

初出「未生」一九五六年一月号。福田定一名で発表。

古代ギリシャ人の夢の園に住んでいたナルキソスは、類《たぐ》いまれな美少年であった。

アポロのような捲毛《まきげ》と、ぷっちりと可愛く閉じた唇、そして、長いまつ毛に蔽《おお》われた美しい眼は、森や泉に住む妖精《ニンフ》たちを、ひとめで恋の虜《とりこ》にしてしまった。

彼の日課は、猟だった。毎日、森から泉へと渉《わた》りあるいた。雉《きじ》や兎《うさぎ》を獲るのではない。彼の矢は、妖精の魂を狩る。すべてのドンファンがそうであるように、彼は、自分の魅力に強烈な自信をもって、いかなる乙女も自分の魅力を無視して生きることはできないとかたく信じていた。

こうした信念がいかに軽薄であるかは、どの妖精も知っている。知っていながらも妖精たちは、ナルキソスの口車に乗り、その美しい頸《くび》に腕《かいな》を巻きつけた。彼は、そうした女の心理を知っていた。第一級の美女をしか狩らないのである。彼と唇を合わせるには、森で最も美しいという資格が必要なのだ。女にはすべて自分の美しさに自惚《うぬぼ》れがある。私こそはナルキソスの恋に相応《ふさわ》しい相手であろうと……。

彼はただ、その心理を利用するだけで、いつも、新しい妖精に不自由しなかったのである。

だまされた妖精の数は、限りもない。なかでももっとも哀しい最期《さいご》をとげたのは、エコーであったろうか。彼女は見捨てられると、森の奥に隠れてしまい、洞穴や崖《がけ》の中などに住んだが、悲しみのために次第に肉体は衰え、ついに声だけになってしまった。今も深い山に住むあの谺《エコー》がそうである。

しかし、エコーのような妖精ばかりではなかった。泣寝入りは彼を増長させるばかりである。ある気の強い妖精は、復讐《ふくしゅう》の女神に祈った。「女神よ、ナルキソスに真の恋を覚えさせてください。しかも、その恋は必ず破れるようにして下さるのです」と。

復讐の女神は迷った。ナルキソスのようにたかぶった美少年に、はたして真の恋を覚えさせることができるだろうか。しかも、その恋には前途に破たんを用意しておかねばならない。しかしたれがあの美少年に真剣に恋されて裏切るようなことをするだろう……。

女神はしばらく思案にふけっていたが、やがて頰《ほお》に当てた指を離して、素晴しい考えに膝《ひざ》を打った。さっそく恋を司《つかさど》る女神を訪ねて何事かを打合せた。

その日から幾日か経て、ナルキソスは、ついに恋を覚えた。

このドンファンにとって、真に恋と名づけうる最初のものであったことは疑いもない。思慕が、彼の胸をさいなんだ。

そもそものはじめの日、ナルキソスは森を駈けまわって咽喉《のど》に灼《や》けるような渇《かわ》きをおぼえた。眼の前に、泉があった。

彼は葦《あし》をかきわけて水際にゆき、肘《ひじ》をついて伏せ、水面に唇をつけようとした。

はげしい驚きにうたれた。

水の中に、たとえようもない美しい乙女がいたのである。彼は最初、それがこの泉に住む美しい水の妖精だと思った。彼女は、魅惑にあふれた唇をすこし開けて、彼の抱擁を待っていた。彼はやにわに接吻しようと唇を寄せた。しかし空《むな》しかった。つぎに水に手を入れてその乙女の肩を抱こうとしたが、ただ水に手を濡《ぬ》らしただけだった。

やがて、それが自分の姿であることを知った。しかし、いちど胸に灯《とも》った恋はあとで相手が何者であると知ったにせよ、消えるものではない。彼は日ごと泉にかよい、夜は星のあかりに姿を映して、虚《むな》しい恋の逢瀬《おうせ》をつづけた。

達せられない恋の運命《さだめ》が、恋の女神の手から死神の掌《て》に移されるというのは、古今渝《かわ》りもないことである。やがてナルキソスの顔色はしだいに悪くなり、痩《や》せ衰えてついには死んだ。

愛の悲しみというのは、たとえ相手が自分を見捨てた憎い男であるにせよ、憎悪をいくらかきたてたところで、ついには心の底で消しきれない何かが残るところにあるようだ。ましてその男は死んだ。ナルキソスの死を聞いた森の妖精たちは、森の花々が一時に萎《しぼ》むほどにかなしんだ。彼女たちは、芳《い》い香のする木をさがして薪《たきぎ》をつくり、ナルキソスの美しい死体を焼こうと、泉に行ってみた。ところが死体はどこを探しても無く、ただ一茎《ひとくき》、ナルキソスが伏せていた水辺に、すずやかな草花が微風にそよいでいた。やむなく妖精たちはその花に名付けて水仙《ナルキソス》（narkissos）と呼んだという。

さて、美少年ナルキソスは死んで池畔に咲いたが、このほかにもう一茎の水仙《ナルキソス》が、われわれの体の中にも住んでいる。自己愛《ナルシシズム》という潜在意識がそれである。

浴室からあがって、下着をまとうまでのあいだ、自分のからだを鏡にうつしてうっとりと見惚《みと》れる。そういう意識を、精神分析学者はナルシシズムと呼んでいる。ふと飾窓《ショーウインド》に映った自分の姿に一瞬心を魅かれるというのは程度の差こそあれ、たれしもの心に潜んでいる意識である。水仙は、水盤の中だけにあるのではない。あなたがどう否定しようと、その球根はふかく胸の奥に根をおろして、ときどき美しい花をひらく。

チューリップの城主

初出「未生」一九五六年三月号。福田定一名で発表。

tulip《チューリップ》の伝来については、良質な史料はすくない。もともとは、アジアの高燥な高原地帯が原産地であったろうといわれる。ことに、落日の美しいペルシャ草原に、色とりどりな群落を作って花の女王らしい妍《けん》を誇っていたろうことは、その語源がtulipan《チューリパン》 turban《ターバン》つまり「回教徒の帽子」なるペルシャ語であることでも推察できる。おそらく、花弁のかたちから連想された名称にちがいない。

一五五四年、トルコからはじめて西方に伝わった。

いま世界最大の球根輸出国といわれるオランダに入ったのは一五九一年、日本でいえば天正十九年、豊臣秀吉が朝鮮出兵の令を発した年である。おそらく、オランダの国民性と自然環境がこの花に適していたのであろう。またたくうちに国を挙げてのチューリップ熱がふっとうし「センペル・アウグスタス」という名の新種など、球根一個一万三千フローリン（一フローリンは現在の日本円でほぼ百円程度）という高値をよんだ。ついに政府は、その不法な投機的売買を禁《きん》遏《あつ》し、その余波を受けて政界の大物の失脚する騒ぎまで起したという。

日本に伝来されたのは、明治初年というのが妥当だろう。それ以前には、現在の史料には記録はない。

ところが、奇妙な話がある。

天正八年正月十七日、二十二歳の青年が自殺した。遺骸《いがい》のそばに、辞世を認《したた》めた一葉の短冊のほかに、青年が生前愛したという見なれぬ花が一輪、あでやかに挿されてあったという。

この自殺の記事は「太閤記」に記載がある。が、花については「別所《べっしょ》家家譜」という古文書のほかは記載がない。

この花こそ、チューリップであったろうという考証家がある。むろん、どれほどの論拠があるわけでもない。第一に、天正八年といえば一五八〇年である。チューリップがヨーロッパへ入ってわずか三十年にすぎない。当時、ポルトガル船やオランダ船が多少日本列島に接触していたことは史実にもみえるが、そのうちの物好きな船長がこの花を船室で愛し、交易のさい日本人に贈ったということも考えられないこともないにせよ、しろうと眼にも妥当性にとぼしい。しかし、史実よりも物語を愛したいという人には、この話は、恰好《かっこう》なロマンに満ちている。

青年の名を、別所長治《ながはる》とよぶ。播磨国《はりまのくに》三木城の城主である。戦国の動乱期に人と成ったが、幼時から文事を好み、とくに南蛮の事物に接することを喜んだ。南蛮といっても、当時の国内事情から推せば、せいぜい堺の商人から鉄砲を購《もと》めるさいに、せがんで商人の乏しい見聞による紅毛の様子を聞く程度であったろう。時にはビードロの器《うつわ》などを買ってその奇態な輝きの中から、異質の文明へ、青年らしい壮麗な想像を馳《は》せたこともあったかもしれない。とにかく、この多感な青年にとって致命的な不幸は、戦国の時代に武士として生い立ったこと、しかも微弱とはいえ、城持ちの家に生れたことであった。

戦国の苛酷《かこく》な現実が、この東播の小さな城の石垣にも、怒濤《どとう》のように押寄せてくる日が、やがてきた。

天正五年、ちょうど桶狭間《おけはざま》の一戦より十七年目になる。尾張の一土豪の家から崛起《くっき》した織田信長が、ようやく天下に武政を布《し》きはじめ、本土最大の武力国家である中国の毛利氏を攻略する決意を固めた年である。が、中国への道は難《かた》い。第一播州海岸筋に豆をまいたようにある小独立国を掃蕩《そうとう》してゆくだけでも相当な兵力と日子が必要となろう。その上、それに手間取れば、新興勢力の悲しさ、足元を見透《みす》かされて諸方の豪族が蜂起《ほうき》して毛利と呼応するにちがいない。信長はこの解決に軍事力をもちいず、いっさい外交折衝をもってしたことは、賢明であった。沿道の小独立国のほとんどは信長に忠誠を誓い、ついに使者は、毛利との国境に最も近い三木城にもやってきた。長治に、もしあなたが織田勢に加担されるなら、毛利征伐の先鋒《せんぽう》になって貰いましょう。そういう口上に、長治は青年らしく頬《ほお》を紅潮させた。

「武士に生れた冥利《みようり》というべきものです」

ところが、明けて天正六年三月、織田軍から使者が来て、軍議があるから加古川の城まで足労ねがいたいという。長治はもとより実戦の経験もなく武略にも明るくないため、叔父《おじ》の別所賀相《まさすけ》、老臣三宅治忠《はるただ》を代理として参向させたところ、信長の代官として小柄な異相の男が、すでに安土《あづち》から到着して地図をひろげて待っていた。

「羽柴筑前守秀吉です」

男は、物腰低くそう名乗って、今度主君信長より中国征伐の総大将を命ぜられた。ぞんぶんの御力添えを賜りたい、といった。

賀相らの復命をきいて長治はむっとした。

「右府《うふ》（信長）は妄言《うそ》をつく」

はじめ予を先鋒とするといったではないか、違約をした上、違約についての一遍のあいさつもなく部将の羽柴とかを大将に振替えている。なぶられても強者なれば尻尾をふるというこの戦国の世に、一片の潔《いさぎよ》い氷心をもった武士もいることを見せてやろう。

二千余の家臣に命じて籠城《ろうじょう》の支度をさせた。叔父賀相をはじめ老臣達が極力利を説いて反対した。秀吉は、おそらく主君信長が交したその約束については何も知らなかったにちがいない。彼も八方慰撫《いぶ》につとめたがついに長治の決心は変らなかった。

「ふしぎな若者ではある」

戦国権謀の習いのなかで、意地と潔癖で戦いをするという武将があるだろうか。秀吉は、このいわば世間知らずな青年に奇妙な愛着を覚えつつも、やむなく麾下《きか》三万の軍に三木攻略の令を発した。

当然自動的にも、長治は毛利方に加担したことになる。しかし、当時の毛利勢の兵力配置では、長治の城に応援する余裕がなかったし、また地理的にみても応援するほどの戦略価値をもたなかった。三木城二千の将士は、戦いの最初から望みない孤軍の運命に自ら入ったのである。

交戦半歳を経た。城方に負傷はほとんどない。というのは秀吉は専ら持久策をとり、矢戦《やいくさ》、白兵を仕掛けるのを避けて、城を厚く囲んで糧道を絶ったからである。

野鼠《やそ》、鼬《いたち》までを食いつくし、はなばなしい戦いもないまま、城は落城への道を急いだ。

攻囲軍から降伏勧告の使者が立った。使者の名は、黒田官兵衛であったともいわれる。城主長治は静かに答えた。「べつに筑前殿に対しては恨みはない。右府に、人間の自尊というものがどういうものかを見せたかっただけです。これで、私の一分《いちぶ》は立った。城士には何の罪もない。もし予が切腹するだけで籠城の士と家族の命を扶《たす》けてくれるならば降伏しましょう。容《い》れられねば全軍の肝血を城壁に塗るとも戦うまでです」

秀吉は、快くその条件を容れ、開城の日、主従最後の訣《わか》れをされよと、酒肴《しゅこう》を城中に贈った。長治は白装に着更《きが》えて、将士を労《ねぎら》ったのち、城内を一巡し、敵将の好意のこもる酒を酌んで従容《しょうよう》と屠腹《とふく》した。今はただ恨みもあらじ諸人《もろびと》の命に代るわが身と思えば、辞世の歌はこうである。遺体のそばに馨《かお》った花は、蒲生氏郷《がもううじさと》が愛した油筒の花挿しの写しというものに、一輪くっきりと活けられ、大輪の花びらは可憐《かれん》な濃桃色を示し、雄芯《ゆうしん》は黒く、一見して百合《ゆり》とも蘭ともつかなかった。検視に立ち会った織田方の医師鰍沢泗軒は、南蛮花ノゴトクニ候ヒシと京に伝えている。

こう語ってきて、私の連想は、それから百二十年を経た元禄十四（一七〇一）年三月十四日にとぶ。この日同じく播磨の若い城主が自害した。千代田殿中での侮辱に堪えかねついに白刃を抜いて五万石を棒にふった浅野長矩《ながのり》である。彼も花ことに桜が好きであったという。自殺の日は、青い嵐が江戸の巷《ちまた》を吹き渡って、落花がことにはげしかった。花を愛した矜《ほこり》高い二人の青年武士の魂に、同じく、美しい狂気が棲《す》んでいたとは、はたして偶然なことであろうか。

黒色の牡丹

初出「未生」一九五六年五月号。福田定一名で発表。

西紀一七〇〇年前後といえば、中国の清《しん》、康熙《こうき》帝のころである。山東省淄川《しせん》の人蒲松齢《ほしょうれい》は、八十を過ぎてなお、神仙怪異を好むことをやめなかった。

詩文は蘇東坡《そとうば》より佳《よ》く、学は古今に渉《わた》るといわれながら、終生不遇に埋もれ、晩年は都を捨てて故郷に帰り、日常は、官吏試験を受験する郷党の子弟のために、私塾を開いて文章を講じた。白髪は束《つか》ねず、疎髯《そぜん》は胸をおおい、眼光はふしぎな光をはなって、夫子《ふうし》自身、鶴の化身《けしん》か何かのような、ただごとでない妖《よう》気《き》が漂うた。おそらく、永い不遇の生活からきた気骨の歪《ひず》みが、そうさせたのであろうか。神仙怪異を好んで、韜晦《とうかい》をこととしたのも、あるいはそのせいであったかもしれない。

鄙伝《ひでん》によれば、この人、毎日、大きな甕《かめ》をかついで往来に据え、その横に芦《あし》で編んだ座布団をのべて悠然と胡座《こざ》し、旅人を見れば呼びとめて茶を馳走《ちそう》したという。茶は、まんまんと横の大甕に満たされてある。さらにその横にタバコが用意してあって、喫茶がすむとそれを勧める。無料である。しいていえば、談話取材料が、その茶とタバコとみるべきであろうか。旅人を呼びとめては、咄《はなし》をせがむのである。それも通常のものでなく、何か諸国を歩くうち妖怪奇異を見聞しなかったかということなのだ。

「聊斎志異《りょうさいしい》」十六巻、四百三十一節の怪異譚はかくて出来あがった。こんにち、世界最大の奇書といわれ、中国人の卓抜した想像力と、ふしぎなリリシズムを代表する説話文学として不朽の賞讃をうけている。

その松齢。八十五歳のとき、彼の庭で一茎の牡丹《ぼたん》が黒色の花をひらいた。

牡丹は当時の通念として紅もしくは白色の花であり、培養種には黄またはその系統の色はあったが、黒というのは、かつて聞きおよばない。ついでながら、牡丹は、中国本土の固有花である。大唐の栄昌期には最も流行をきわめたが、漢民族がこの花を賞《め》ではじめたのはさらに有史前後に遡《さかのぼ》り、培養しはじめてからも、すでに数千年を経る。美称した代表的な詞語としては、例の欧陽脩《おうようしゅう》の「天下真花独牡丹而已《てんかのしんかひとりぼたんのみ》」があり、周茂叔《しゅうもしゅく》は、この花の性格を一言に評して「富貴」とよんだ。人生の栄華と天下の太平を最も豊かに象徴するものとして、シナ代々の風流人は、牡丹を限りなく愛したのである。

さて、八十翁松齢も、その一人にほかならない。中庭に百茎ばかりの紅白を植えて天下の富貴美をたのしんでいたのだが、とつぜんその花の中から黒花が出たることには大いに心を傷《いた》めた。不吉のしるしであろうかと、まず、自分の死の予感に、くらい不安の雲が湧《わ》く。あるいは、吉兆であろうと思い返したがさて人生八十を過ぎて、果してどういう佳《よ》い事が考えられるか、金が転がりこんだところで冥土《めいど》へ持参できるものでもなく、今さら都から使いがきて、大官に取りたてようという僥倖《ぎょうこう》も、期待するほうが無理である。死を待つばかりの年になって、ことさら、天は死を暗示しようというなら、ふざけもすぎようというものであろう。松齢はその花を見るたび不快になる。

松齢は相変らず往還に出て、旅人たちの奇話をきいた。きいて帰ると、部屋の窓に黒い几帳《きちよう》をおろして陽《ひ》を遮り、一穂《いっすい》の燈火をたよりにその話を書く。隙《すき》間風《まかぜ》がふきこむたび、ゆらゆらと燈《ひ》がゆれて、机に寄りかかる松齢の影法師が部屋中におどった。

ときどき鈴を鳴らして家人に茶を求めたが、彼の身の廻りの雑務をする尚少年でさえ、彼の書斎に入るのを厭《いや》がった。あるとき婢女がいよいよ扉をあけて中をみると、数体の人骨が生けるように、ことことと彼の廻りをあるき、そのうちの一体は、じっと彼の肩越しに彼の書くものを見ていたというのである。きゃっと声をあげると忽《たちま》ちこの人骨は消え、松齢がうしろをむいて「何だ、騒々しい」と、平常と変らなかったという。婢女は、たった今の怪異を、松齢に告げた。しかし、松齢は驚いたふうもなかった。

「うむ、そういうこともあるだろう。俺は、べつだん、気付かなかったが、俺がいま書いているのは、人間の愛情の執念ということだ。常山の人絹麗《けんれい》といった少女は、容姿人にすぐれていた。百人の若者が恋をし、六人の若者が彼女と情を通じたというが、ある年の冬、その絹麗が死んだ。若者たちの歎《なげ》きは、ひとかたではない。六人のうち三人は、ついにこころが狂って、一人は常山の南《なん》麓《ろく》の柏樹《はくじゅ》に帯をかけて縊《くび》れ死に、一人は常山の東麓の槐樹《かいじゅ》の下で鴆毒《ちんどく》を仰いで悶死《もんし》し、一人は常山の北麓の松樹の下で、自ら雪に埋もれて凍え死んだ。今なお、厳冬の満月の夜、月が北麓を照らせば松樹の下で、南麓を照らせば柏樹の下で、東麓を照らせば槐樹の下で、それぞれ絹麗と情けを交わす若者の姿が見られるという。人間の執念は、かくもおそろしい。わしが神気をこめて書きすすめるうち、筆尖《ふでさき》に神《しん》がこもり、文字に霊がみなぎり、ついには神霊相合して若者と少女の魂魄《こんぱく》をこの部屋に惹《ひ》き寄せたのであろう」

そう呟《つぶや》いて、松齢は窓際にあゆみ寄り、黒い几帳を引き開けた。暮方の薄い光がさっと部屋に射しこんで、外を見る松齢の姿を、墨絵の中の人物のように、ぼんやりと浮きあがらせた。窓は、中庭に面している。中庭の南隅には古びた亭《ちん》があり、亭を中心に、百株にちかい牡丹が、残照の中に、みごとな妍《けん》をきそっている。紅、白、黄とながめゆくうち、松齢の視線は、いやでも、中央あたりにある大輪の黒牡丹に止まらざるをえない。

「ええ、また、見た。見まいと思うのだが、紅白の中のシミのようなものだから、ついつい、眼がそこへ行く。黒は、ひっきょう、吉ではない。凶の象徴を、部屋の南に置くとは福寿を妨げるものであろう」

松齢は机にもどり、手筐《てばこ》の中から長さ五寸ばかりの双刃《もろは》の小刀子《こがたな》をとりだして、

「剪除《せんじょ》するにかぎる」

と、部屋を出ようとした。その、出ようとする松齢の上膊《じょうはく》に、かるく触れた手がある。

「玉桃《ぎょくとう》か。え？……」

下婢の玉桃にすれば、狎《な》れ狎れしすぎるといぶかって、ふりむくと、部屋中が、ぼっと明るくなっているような錯覚におそわれた。玉桃ではなく、見も知らぬ少女である。十八ぐらいでもあろうか。松齢は八十五歳のこんにちまで、これほど美しい女を見た例《ため》しもなかった。部屋がぼっと明るくなったように錯

覚したのは、この女の異常な美しさのせいであったろう。しかし、松齢は、弱年より剛勁《ごうけい》をうたわれた人だし、八十五年の風霜をへて肉も骨も、すでに古蒼《こそう》に達している。少女の美しさをみて、心気の惑うところはいささかもない。で、やさしく、無断で他人の書斎に入る非礼をたしなめようとして、

「あなたはどこから来られた。どこのひとだ。李家の人か。董家《とうけ》の人か。いや、李家や董家には、あなたのように美しい娘はいなかったはずだが……」

少女はそれには答えず、にここと明るく笑って、

「お剪《き》りになるのでしょう、あの牡丹を。よくないことです。生命あるものを断つばあい、断つにふさわしいすぐれた理由がなければなりませぬ。ただ剪り捨てるだけなら、その生命を断った償いを、あなたの生命をもってしなければならなくなるでしょう」

一つの生命の償いを、それを断って他の生命をもって償わねばならない……、これはたしかに松齢に応《こた》えた。八十五歳とはいえ、人間は生命の執着から逃れられないものである。

「では、断たなければよいのか」

「断たなければ、あなたの生命の上に、必ずよい酬《むく》いがありましょう」

少女は、どこへともなく去って行った。

松齢はそれからまる一夜、ほとんど寝もせずにぼんやりと過し、朝、陽が上ってから、こんこんと眠った。眼がさめたときは、すでに陽も沈み、誰が点《つ》けたか、燭台《しょくだい》の上にあかあかとゆれる燈があった。

起きようとすると、枕許《まくらもと》に人のけはいがする。見ると、あの少女であった。ふしぎな微笑をうかべて、じっと松齢をみつめている。

薄い絹を通して、胸がしずかに息づいていた。その息づきをみて、松齢は激しい咽喉《のど》の渇《かわ》きをおぼえた。なんとしたことであろうか、咽喉がかわき、かわくばかりか、体中の脈搏《みゃくはく》が狂うように鼓動した。そして、やにわに少女の肩に掌《て》をやろうとしたとき、少女は、ついと身を避けて、松齢へ、手にした鏡を渡したのである。鏡をみて、松齢はあっと声をあげた。その声さえ若かった。なんと、鏡の中の松齢は十八ぐらいの若者ではないか。

その夜から、松齢と美少女の、耽溺《たんでき》の長夜がつづいた。うつくしい愛のことばが天の星よりも数多く二人の枕の間で交わされ、あくない愛の行為が、すべての時を停止して夜も日もなくつづけられた。

それから数日を経たある朝、ふと、下婢が松齢の書斎にはいると、松齢は崩れるように机の上に突っ伏し、その肘《ひじ》の下に書きかけの原稿が散乱し、さらにその白い紙の上には真黒い牡丹の花弁が六、七ひら、無惨に枯れ散って、松齢の瘠《や》せた手には、こぶしも固く一茎の牡丹が握られていた。

清ノ康熙帝五十四（一七一五）年の五月なかばの朝である。大著「聊斎志異」の作者、蒲松齢は死んだ。享年八十五、字《あざな》を留仙、号を柳泉といった。

松齢は、花の精が美女に化して現実の男性と交情するという説話をよく書いた。異花には、ときに激しい香りを放つものがあるという。松齢は、おそらく、その黒い牡丹を小刀子をもって剪ったのであろう。そしてその花芯を嗅《か》いだにちがいない。花の精気の香りが彼の意識を狂わせた。花をもって机に帰ったとき、すでに彼はふしぎな酩酊《めいてい》の中にあった。そしてこんこんと意識を溷濁《こんだく》させたまま、自然死に至ったにちがいない。

烏江《うこう》の月

謡曲「項羽」より

初出「未生」一九五六年六月号。福田定一名で発表。

烏江《うこう》の野は、かぎりもなく広い。水ははるか下流を天に融かして流れ、対岸は春烟《しゅんえん》のなかに遠く緑の一線をかすかに泛《うか》ばせている。

岸辺に、小高い丘があって、名さえなかった。四囲二町ばかりの、灌木《かんぼく》と粗《あら》草《くさ》のはえた変哲もない丘であるが、ただひとつ、春もすこし闌《た》けた頃になれば、丘全体に暈《ぼ》っと、紅味《あかみ》が蔽《おお》って、遠くからみると、一望水と野の淡緑の景色の中に、ただそこだけが一点、血を落したような妖《あや》しさがあった。

いや、近づいて見れば、それも何のふしぎさもないことである。ただその丘だけが、時期になれば、それこそ繚乱《りょうらん》と噴きこぼれるように芥子《けし》の花が咲き盛っていたからだ。

は て、西紀前二〇〇年ごろであったろうか。シナの漢のはじめ——とすれば、今から二千百五十年ばかり昔のことだ。シナに、古代文明の光が燦然《さんぜん》とかがやいた頃であり、史書「史記」によれば、垓下《がいか》の県城からこの烏江の岸辺一帯にかけて、凄惨《せいさん》な天下分け目の戦いが行われてまだ数十年も経《た》たぬころであった。

一人の農夫が、その血の丘で草を刈っていた。

この男は、対岸の梨花荘《りかそう》に茅舎《あばらや》をもつ名もない百姓だが、ほとんど毎日、日課のようにこの丘にやってきては薪《たきぎ》を拾い、草を刈り、そして、芥子の花を摘む。夕刻になれば、背に負った薪や草の上に芥子の花を蔽って、全身真紅《まっか》な色に濡《ぬ》れながら、烏江を渡って帰るのである。

芥子の花を摘むのは風流韻事のためではなく、自分の部落の梨花荘の人々の鬼事（先祖の祭事）の供花《くげ》として売るのが目的であるらしかった。

その日は、春も暮れに近いころであったといわれる。

草を刈り進んで、ふと、鎌の手許《てもと》の暗さに気づき、顔をあげてみると、落日はすでに烏江の下流の水平線に、力ない光をたゆたわせていた。

「ほい」

男は、あわてて道具を仕舞い、草と薪と花をまとめて、大急ぎで丘を降りはじめた。しまった。いつのまにこれほどの時間が経ったのか。渡舟《わたし》はもう出たのではないか？

丘を降りきって、よたよたと背中の荷物を気にしながら岸辺の方へ走った。何気なくみると、それは赤い人魂が、ふわふわと薄暗《うすやみ》の中をかすめ飛んでゆくようでもあった。

「おおい、渡舟は出たかあ」

走りながらさけぶ。さけぶというより、この広びやかな風景の中にあっては、嘶《いなな》くような、驢馬《ろば》のようにのどかに嘶くといった、悲しげな間のびがある。

「ほい、ほい」

岸辺に着いた男は、着くなりぺたりと腰をおろしてしまった。舟はとうに出て、見渡すかぎり暗銀色《にびいろ》に光る水面には、人の影一つなかったのである。

風がにわかに冷たくなった。ざわざわと岸辺の水葦《みずあし》を掻鳴《かいな》らして、さなくも心細い男の肝《きも》を、無情に撫《な》で縮めた。

男は、途方に暮れ、思案もないまま、背の花束から一輪ずつ芥子の花を千切っては無心に嘴《くち》にくわえ、ぺっと唾《つば》とともに吐き出した。吐き出された花は、一輪ずつ水に浮び、やがてゆっくりと葦の間を流れて行った。

「仕様のねえ……」

ゆさりと荷を揺すって、ぼんやりと起《た》ちあがったとき、何という幸運なことか、はるか向うの葦の間を渡って、ぴちゃぴちゃという水の音が聞えてきたのである。

「よう……」

渡舟かあ、とどなってみた。すでに四囲《あたり》は暗く、透《す》かそうにも背よりも高い葦が水流の向うまで茂って、近づく舟が分別できなかった。ただ、ぴちゃぴちゃと音がする。どう聞いても、水が舟端《ふなばた》を叩《たた》く音だ。艪《ろ》の音さえするではないか。

「渡舟かよう……」

どなるまでもなかった。葦の茂みの中から一艘《いっそう》の舟の影があらわれ、船頭が飄々《ひょうひょう》と薄暗に霞《かす》んで艪を操ってきた。

「梨花荘の——どのか、ご精だったな。さ、乗られるがよい。お渡し中そう」

お渡し中そう？　妙な武人のことばを使う親爺《おやじ》だと思った。しかも、おれの名を知っている。

おかしな船頭だと思ったが詮索《せんさく》するよりも飛び乗る方が先だった。ゆらりと舟は揺れて草と薪と花を背負った男は、舟中の人となった。ぎい、ぎぎいと舟は岸辺を離れる。葦の林の間をくぐって、舟は水流の中に出たが、それから小一時間も漂わなければ対岸へは着けない。烏江はひろい。闇《やみ》はすでに濃く水面に垂れて、気づくといつの間にか団々たる月が、東のかた桃花村のあたりに懸っていた。

「月が出たな、春が匂《にお》うようだ」

中流に漕《こ》ぎ出たころ、舟のともで艪を撓《しな》わせていた船頭が、ぽつりと呟《つぶや》いた。

男がみると、船頭はまるで金色の月光に満ちた天地の中で、ただそこだけ、人型に黒く抜きとったような感じでゆらゆら舟を操っていた。いや船頭ばかりではなく、渺茫《びょうぼう》たる水と、限りなく晴れ渡った月光の天しかないこの宇宙を、自分と船頭と舟だけが、ふわふわと水ともなく空ともない境に漂い進んでゆくのではないかと覚えた。

男は何となく怖れを感じて、

「あの、梨花荘の岸には、まだ――」

と問いかけると、

「はは、客人。この良夜に、何を急がれることがあろう」

船頭はそう云《い》って、いともから足音もなく、男のいる苫《とま》の方に入ってきた。いかつい顔である。眼だけが、ひえびえと光っている。というより、瞳だけがぼっと霞んで、ふしぎと動きがない。そのくせ、笑うと思わず手をとりたいような親しみが湧く。最初はさほどとは思わなかったが、こうして背をかがめて苫の中に入ってくると、おそらく七尺はあろうと思われる魁偉《かいい》な男だった。

「酒がある。さあ、この觴《さかずき》を手にされい」

どこからか瓢《ひょう》をとり出してきて、草刈男にすすめる。男は、すくんでしまって、後じさりしながら、

「いや、舟に乗せて頂いた上に、御酒まで頂いては……、そ、それよりも早く岸へ」

「なに、舟は刻《とき》さえくれば向う岸へ着こう。それまでゆっくり、さ、その觴を干されい。はは、ご遠慮には及ばぬ、渡しの舟賃は応分に頂こうでな」

「応、応分にとは？　い、いくらなんで」

船頭は笑って応《こた》えず、ゆっくり觴を口許にもっていったが、ふしぎとその眼だけは笑っていなかった。笑わぬ眼は、じっと凍りつくような冷たさをもって、草刈男の傍《かたわ》らに置かれた芥子の花の束を凝視《みつ》めていたのである。草刈男は、その眼をみて、わけもない戦慄《おののき》が背筋を走った。

「うむ、その芥子――」

船頭はみるも悵《いた》ましい表情に変り、笑わぬ両眼を、しばと瞑《つむ》った。氷のよう

な眼が閉じられた拍子に、ふしぎにも船頭の姿は掻き消えた。そして、一瞬後、再び開いたときは、やはりその魁偉な風丯《ふうぼう》は、歴《れき》と草刈男の前に在ったのである。いや、ただ、それは気のせいであったかもしれない。何しろ一瞬のことであったからだ。

「その芥子、芥子一茎でもよい、わしに賜《たも》らぬか。今宵の舟賃に——」

「け、芥子を……」

草刈男は、一茎とはいわず、ありったけの芥子の束をつかんで船頭の方へ押しやった。船頭はそれをとりあげ、その魁偉な風丯には似合わぬ狂おしさで、ひしと掻抱《かきいだ》き、みるみる両眼から涙をにじませて、

「済まぬ。ながくこの期《ご》を待った……」

おどろいたことには、あれほど冷たかった船頭の両眼が、にわかに血が通いだしたように、温く生々と輝きはじめた。

「あっ……」

草刈男は、異様なものを見て、がくっと、飛びのいた。舟べりの横木につか

まって、黒い唇を、ひくひく痙攣《けいれん》させた。眼窩《がんか》が、拳《こぶし》で押しつぶしたように暗く見開き、面《おもて》から血の気が下った。

「あ、あ、あ」

しがみついた。たしかにそれは、舟の横木であったはずが、剣のように削《そ》ぎたった岩肌に抱きついていた。両脚を投げ出した下は、いつのまにか、ざらざらとした砂地に変り、此処彼処《ここかしこ》に、黒々とした血が吸いこまれていた。船頭を見よ、彼が胸にひしと抱きしめていた芥子の束はいつのほどか芥子ではなく、一個の女体に変り、女は紅《くれない》の軽羅《うすぎぬ》を乱して船頭の腕を巻きつけていたばかりか、船頭じたいすでに先程の藍色《あいいろ》の粗服ではなく、銀色の盔《かぶと》を頂き、金で縁取った鉄甲を着し、右肩と左腕からすさまじい血を噴き流して、みるみる胸の中の紅羅《こうら》の女を濡らしていたのである。

烏江の岸だ。いつのまにか、景色は烏江の岸にもどっている。雨を孕《はら》んだ雲が、陰々と地と水を圧し、陰風が吹きしきるたび、とどろくような馬蹄《ばてい》の響きと、干戈《かんか》の鏘音《しょうおん》が天地を蔽った。

「げえっ」

草刈男が、そう叫んで身を伏せた。彼の肩に、ばさりと血まみれの男の死骸《しがい》が倒れかかってきたのである。

草刈男は腰を抜かしたまま、あたりを見廻した。もはや、どうにでもなれという悪正念《わるしようねん》の据った面付《つらつき》で、眼の前の不思議のすべてを眼で見、耳で聴きつくしてやろうと思ったのである。

いま自分に倒れかかってきた屍骸は、花を抱えた船頭、いや、女を小脇《こわき》に引寄せた銀甲《ぎんこう》の偉丈夫が斬《き》ったものに違いない。偉丈夫の右手《めて》には、ぎらりと残照に光った長剣が、刃元から血を引いて濡れていた。

「虞《ぐ》よ――」

偉丈夫は、うつむいて、自分の胸の中の女に語りかけた。

「虞よ――」

雲足《くもあし》のわずかな隙間《すきま》に顔を出した夕陽が、男の微笑を凄惨に隈取《くまど》った。まだ、三十を越して間もない若々しい笑顔だった。

「ぎゃっ」

云う間も背後から襲いかかった敵の歩卒を無造作に斬り下げ、

「ははは、羽《う》の命運も、ここに極まったかとみえる。下相《かそう》の街の不良児より身を起し、孤剣戦野を馳駆《ちく》してついに百万の軍を催し、大秦帝国の天下を卵殻《らんかく》のごとく踏潰《ふみつぶ》したのはまだ数年前のことではないか。項羽《こうう》、名は籍《せき》。昨日までは西楚《せいそ》の覇王《はおう》として四百余州を震憾《しんかん》させた俺が、これは何という様《ざま》だ、いまは従う敗兵わずか十数騎、自ら漢の歩卒を払うのにいそがしい。虞よ、もっと俺を抱け。力は山を抜き、気は世を蓋《おお》う英雄であろうと、運命から見捨てられた時は、この烏江の岸に茂る葦よりもあわれなものだ。垓下の一戦が宿敵漢の劉邦《りゅうほう》をして天下を取らしめ、この俺をして天下を喪《うしな》わしめた。虞よ、抱け、お前が抱く銀甲の男は、もはや天下の主《あるじ》ではなく、あの葦よりも弱い唯《ただ》の人間にすぎぬ。虞よ、なんじも楚王の妃《きさき》ではなく、いまや烏江にうらぶれて立つ一個の敗残者の愛人でしかない。もっと強く抱け、誰に遠慮が要《い》ろう。いまこそこの天地にただ二人で寄添う素裸な男女にすぎないではないか」

横合から、再び漢卒が鉾《ほこ》を繰出してきた。それを「人の恋路の邪魔をするな」と血煙の中に斃《たお》し、返す刃を左手から来た騎馬の男に振りかぶったとき、

「あ、待った。李彊《りきょう》です」――全身、血を浴びた部将の一人だった。

「王、もはやここは支えきれませぬ。防ぎ戦う者、わずか七騎に成り果て申した。やがて漢軍の主力が押寄せて参ろう。さ、お渡りなされ」

「渡る？　どこを――」

「この烏江をです。辛《かろ》うじて見つけた舟が、この下の水際に繫《つな》いである。破舟に近いとはいえ、王と妃だけは乗れましょう。我等は、ここに踏止《ふみとど》まり、王の渡られる間は、魂魄《こんぱく》が粉々になろうとも防ぎ戦いましょうず」

「彊よ、それは無駄というものだ。無事、烏江を渡りきったところで、どうなる事でもない」

「何と弱気な。妃、妃。王をお離しなさい。我等はこうも弱気な王に命を托した覚えはない。王よ、覇道海内《かいだい》を蓋うといわれた項王よ、烏江を渡れば江南三千の健児が、なおあなたの号令を待っている。江南の父老はこぞってあなたの

ために子弟を貸すことでしょう。だのに、なぜ生命を粗末にされる」

「いや、止《よ》そう。俺の掌には、もはや運命の糸は、一寸ですら残っていない。江南でたとえ三千の兵を得たところで、それはみすみす死地へ追いやるだけのことだ。彊よ、さきの垓下の戦いの夜を覚えているか、城を死守した最後の夜、城外に満ちた百万の漢兵が、悉《ことごと》く楚の歌を唱《うた》うのを聞いたであろう。四面すべて楚歌して、もはやこの四百余州にこの項羽を援《たす》ける誰もないことを俺は悟った。

敵王劉邦とは少年の頃よりの宿敵だったから、俺は奴のことなら顔の黒子《ほくろ》の数まで知っている。力や軍才、それは俺のほうがやや勝《まさ》ろう。しかし、奴はふしぎな男だ。ふしぎな幸運を背負っている。俺は運に負けた。何の愧《は》ずる所があろう。命運の尽きたとき、それを潔《いさぎよ》く享《う》けるのが、男児というものだ。俺はここで死ぬ。明日からは漢の天下となる。俺がここで死んでやらねば、漢の天下は来ぬではないか。——虞、お前も死んでくれような」

虞夫人は、無言のまま、項羽の胸の中で強く叩頭《うなず》いた。

項羽は彼女を軽々と抱き上げ、李彊の方をむいて「永らく苦労をかけた」と微《かす》かに会釈《えしやく》をし、矢礫《やつぶて》のとぶ中を、まるで花園を散歩する人のように悠々と歩き出した。数歩ゆけば小高い丘がある。項羽は虞夫人を抱いたままその丘を半周し、やがて凹《くぼ》みをみつけると、そっと、虞夫人を草の衾《しとね》に寝かせた。

……項羽が虞夫人を抱いて丘を半周したとき、草刈男もまた、それに惹《ひ》かれるごとくよろよろ立ちあがって、あとを蹤《つ》けた。

眼を見開き、顎《あご》をだらりと垂れ、見開いたこの男の眼は、もはや、眼の前で展開されている奇怪な情景に、何の反応も示していなかった。一体、どういうことであろうか。項羽——この名は聞いたことがある。梨花荘の百姓でさえ知っていた。漢の高祖劉邦と天下を争って死んだ英雄の名である。その寵妃《ちようき》虞夫人はたしか歿年十八、楚国第一の美人といわれた。その程度の常識が、この男の喪われた思考力の中であわあわと脈絡もなく明滅した。

虞夫人は、項羽の頸《くび》に巻きつけた腕に力を込めて、ふるえる朱唇《しゆしん》で相手の唇を求め、項羽は虞夫人の細腰を抱き締めて、激しく抱擁した。

「唯の男と女で死ぬさ」

唇を離した項羽はそう笑った。

虞夫人の瞳から、きらきらと涙がふきこぼれて、美しい頰《ほお》を伝った。すうっと、頰を伝ってゆく涙が、つと頰の半ばで止まった。項羽の右手に秘めた短剣が、虞夫人の乳房の下を貫き通したのである。

項羽は虞夫人をそっと草の上に横たえ、胸と裾の乱れを直してやると、自分は夫人の枕辺に胡坐《こざ》し、長剣を取上げて頸筋に刃を当て無造作にぐいと引いた。

血は、二人の折重なった屍《かばね》の間からとめどもなく流れ、死体を真紅に浸し、やがて丘の草を染めはじめ、折柄《おりから》始まった落日の赤光に融けて、草蔭に佇《たたず》む草刈男の視野は、みるみる天地、真紅の一色と化した。

やがて男が眼を開いたときは、眼の前になにものもなかった。月もいつしか落ちて、一面の闇と、葦を渡る風音と、そして潺々《せんせん》たる烏江の水声のみが、天地に在った。

驚いて起ち上ると、衣が夜露に濡れきってべとりと背筋をおびやかした。わしは、この岸辺で眠りこけていたのであろうか、あれは夢であったのか。夢にしては——思わず後ろをふりかえった。何もない。左を見、右を見たが、いつも見馴《みな》れた烏江の夜景にすぎなかった。そのとき、ひやりと肩ごしに頬へ触れる者があった。「けっ」とおびえて、右手で摑《つか》むと、じとりとして濡れた感触……掌をひらいて、思わずとり落し、はっと地上に落ちたのを覗《のぞ》きこむと、それは、夜目にもしるかった。朱色を深く湛《たた》えた、芥子の花一輪だったのである。

このとき以来、中国では芥子の名を虞美人草と称《よ》んだ。その色は虞美人の血を吸っていよいよ朱《あか》く、烏江の岸辺には、暮春ともなれば地を蔽って、今なお繚乱と血色の花をひらいている。

匂い沼

初出「未生」一九五六年八月号。福田定一名で発表。

すこし温かすぎるな、そう思って子青《しせい》は窓を明けた。なまぬるい夜気が頬《ほお》をなでる。春には、まだ間があろう。変に蒸《む》せる晩だった。

明けおわって、書見の机にもどった。で、ひろげた経書《けいしょ》に眼を曝《さら》そうとしたのだが、こんどは、窓から送られる微風に灯火がゆらいで、書見がすすまない。腰をあげて、手元の紙で燭《しょく》を蔽《おお》い、再び机にもどる。すると、匂《にお》いがするのだ。妙に気が散る晩である。

（何の匂いだろう）

書物から眼をはなして、鼻を利《き》いた。微息《びそく》できくと、ほのかに甘い。重く吸いこむと、粘りを帯びた生々しい香りに変る。さらに大きく息を吸いこめば、頭の皮下を、葦《あし》の葉末でくすぐられるような、かるいくるめきさえ覚えるのである。

（ふ、落着かない晩だなあ）

そう苦笑しながら、たちあがって、窓際にちかづいた。なるほど、これは、風である。ではない、風に乗った匂いなのである。

外をためしてみようと、子青は、庭先へ出た。闇《やみ》のなかに、春が満ちているようである。

露草を踏みながら、子青は今宵《こよい》の気の散りように多少のうろたえを感じ、一刻《ひととき》も早く気を鎮《しず》めて書見に打込まねばと、焦りを覚えていた。

宋《そう》の人《ひと》遼子青は、咸西《かんせい》の書生である。

三十を過ぎても、娶《めと》らなかった。悲願があったからだ。

春も半ばに闌《た》けると、子青は、咸西の町から北西十里の向うにある県城の街へ出て、科挙《かきょ》の試験を受けねばならない。ことしで、十二度目であった。

科挙とは、中世シナの、官吏登用試験である。科挙に、郷試《きょうし》、会試《かいし》、殿試《でんし》の三段階があり、郷試とは、文字のとおり、郷土の県城で受ける初級試験のことである。最高試験の殿試、つまり都の天子みずからが答案を見る殿試に合格してはじめて大官になれるのだが、別段大官を志さなくても、郷試、会試に合格した程度で、生涯の栄耀栄華《えいようえいが》は、まずくるいがない。中世シナにあっては、官吏ほどうまい稼業《かぎよう》はなかったからである。

その科挙の内でも、初等の郷試の試験に、子青は十一年受けつづけ、十一回落ちつづけている。

別に、鈍根《どんこん》というわけではない。幼時、郷党の人々から神童と囃《はや》され、白皙《はくせき》長身の骨柄人品とともに、人中之白馬《じんちゆうのはくば》といわれてきた男である。十一回の落第は、何も子青の恥ではなく、この試験の極端なむずかしさに、理由は尽きる。

しかし、弱ったのは、貧《ひん》ということだ。亡父から譲られた宏い邸《やしき》も、手を入れぬままに軒は傾き、亭は朽ち、庭は背を埋めるほどに草がのび、町の人々は遼家の鬼館《きかん》とよんで、邸内を通り抜けることさえ、薄気味悪がったほどである。

子青はその鬼館で、身の廻りをする孩子《しようねん》とただ二人で住んでいた。

孩子が煮焚《にた》きをし、子青は薪《たきぎ》を拾う。華奢《きやしや》な肩に負子《おいこ》を背負い、片道五里ほどもある羽山《うせん》の渓谷に分入って、馴《な》れぬ薪集めをするのである。

だが、いつまでも、そういう生活も続かない。働いて得るという収入がないからだ。

(今年、合格しなければ、俺はどうなるんだろう。もう倉には何もない。米塩に代えられるほどの家財は、すべて代えた……)

飢死《うえじに》だな、そう思って、子青は、そっと首筋を撫《な》でた。科挙の試験に三十幾回か落ちてついに家産を食い果たし、傾いた家の梁《はり》に紐《ひも》をかけて縊死《くびれじ》んだという老書生の話も聞いている。

庭を歩きながら、子青の気持は妙に落着かなかった。いつの間にか、庭の北西隅にある池の畔にまで来た。池は水草と灌木《かんぼく》の茂みが水面を隠して、むしろ池より沼というにふさわしい。

相変らず、匂いがする。するというより、この闇の中で、ゆたゆたと満ちているようでもあった。子青は、頭痛がした。匂いのせいだろうか。

沼のそばに、一抱えばかりの薪がほうり出されてあった。今日の夕方、羽山の谷から背負って帰ったものである。

薪につまずきかけて、一跨《ひとまた》ぎし、二、三歩あゆんでから、ふと気付いて、再び薪のそばに引返した。

（はて、この薪が――？）

子青は、しゃがんで、顔を近づけてみた。匂いがする。触れてみると、じっとりと露を含んでいた。香木か何かが雑《まざ》っていて、夜露を得て芳香を発したものだろうか。それにしても、この匂いは奇妙だった。粘っている。皮膚や粘膜にねばってくるような、快い感触がある。

ふと、子青は女を想った。ここ七年、子青は女というものを断っている。さて突如浮んだ女体への連想が、この匂いとどういう脈絡があるのか、そこまで子青は考えなかったけれども。

そのまま書斎に引返して、子青は読書をつづけた。鼻が馴れたのだろう、もう匂いは感じなかった。ただ、軽い頭痛だけは残った。そして、微《かす》かな血のざわめきも、夜更けまで醒《さ》めなかった。

書斎の隅に寝台がある。その寝台横の壁に古人の詩句が、子青の筆蹟で貼《は》られてあった。あの詩句のように、もし今度の考試で落ちれば、もはや生きては郷関をぐるまい。そう子青は毎夜のように思いつつ、薄い蒲団《ふとん》の中へもぐるのである。学若《も》シ成ラズンバ……子青の生きた時代にあっては、学とは、科挙の受験勉強そのものを意味した。死ストモ還《かえ》ラズ……ああ何と多くの青年が、この壮烈な言葉のもとに、青春を空費していったことだろう。自分もまた、他の大多数の科挙受験生と同じく、十年二十年と受験を重ねるうち、人らしい生きる楽しみも忘れて老い朽ちてゆくのであろうか。そう思うと、子青は、無間《むげん》の地獄をのぞかされたような、暗い絶望感におちいる。

いつの間にか、眠り入った子青の寝顔に、一筋の涙が乾き残っていた。毎夜、寝入りばなになると、勉学の辛《つら》さと、前途への疑惧《ぎく》がつい子青に眼尻を湿らせてしまうのである。

ふと、物の気配がして、子青は眼をさました。何だろう。あわてて枕許《まくらもと》をさぐり、手燭をつけようとすると、ほのかな香りに気づいた。なんだ、先程の匂いか、それで眼をさましたのか。拍子抜けがして、手にした燧石《ひうちいし》を寝台横の卓子に返し、再び横になろうとした。

うとうとと眠り入ろうとしたとき、今度はあきらかな感触があった。瞼《まぶた》をあけると、燭台に灯が点《とも》っている。その傍に人影が動いていた。

「あ、お眼醒めでした？　申し訳ございません。枕を直して差上げようと思いましたら、つい手が触れて……」

「あなたは、誰です」

子青は跳ね起きて、声の主を見た。見も知らぬ女性が、そこに立っていたのである。

「まあ、ホホホホ……」

女は、可笑《おか》しくてたまらぬ風情《ふぜい》で笑いころげた。

「桂生《けいせい》の姉ではございませんか。何とお寝呆《ねぼ》けに……ホホホ、珠琴《しゅきん》でございますよ」

（あ、そうか）

子青はやっと安堵《あんど》した。が――

（待てよ。桂生に姉がいたかな）

桂生とは、下廻りをする孩子《しょうねん》である。その桂生に姉がいたか？ しかもこの女は、年来この邸に住んで、弟と共に俺の身の廻りを世話し続けてきたように云《い》う。わからない。俺はいま、夢でも見ているのだろうか。

（うむ、夢だ。夢ならどうせ臆面《おくめん》もない。醒めぬうちに、この女をとくと見てやろう）

子青は、眼を据えた。しかし眼を伏せた。妖《あや》しいばかりの美しさであった。子青は、不甲斐《ふがい》なく、慄《ふる》えがとまらなかった。が、そのとき、はたと気付くことがあった。

（なんだ、そうなのか。夕方から漂うていたあの匂いが俺の五官の底に滲《し》み込んで、こういう夢を見させているのにちがいない。夢の女と合衾《ごうきん》すれば延寿疑いないという。勇気を出せ、子青よ。あの玉のように白い腕を、そら、いまだ、

握るのだ）

子青は、ぐっと彼女の腕を摑《つか》んでひき寄せた。女は、微笑を消した。そして、燃えるような瞳を子青の眼に焦《や》きつけながら、力の導くままに体をくねらせ、子青の膝《ひざ》に崩れた。

（さて、どうすればよい）

子青は、眼がくらむようだった。ながく女体を遠避けている子青は、心も体も、少年のように初心《うぶ》である。

まず唇を吸った。その温かみ、その感触、その匂い、おお、さきほど嗅《か》いだあの匂いと、まぎれもなく同じ香りではないか。

そのあとは、文字を憚《はばか》りたい。子青はひと夜、その匂いにまみれてのたうった。

翌朝めざめると、女はすでに居なかった。ただ寝床に、はげしい匂いだけが残った。

その夜も、女は子青の寝台を訪ねてきたのである。子青は云った。

「桂生にきいてみた。自分に姉はないといっている」

女は笑って、子青の両瞼を、軽く掌《てのひら》で撫でた。またお寝呆けなんでしょうという仕種《しぐさ》ととれる。すると、子青の信念は、事もなく崩れるのである。桂生こそ勘違いしている、逆にそう思いこんでしまうのだ。そして、あくない匂いの恋が始まるのである。

翌夜もそうであった。さらに翌々夜も。

ついに子青は、陽《ひ》が落ちると、そそくさと寝台にもぐった。と、風のように、女がやってくるのである。女の肉体は、まるで香《こう》の凝結のように芳《かぐわ》しかった。

それが、ひと月つづいた。

子青は、眼が窪《くぼ》み、肩の肉は落ちて、一月前とは眼に見えて衰えた。いや、女への情炎で衰えたというよりも、間断なく子青の心をおびやかす、苛責《かしやく》がそうさせたのである。

「俺は、何をしているのだ。このていたらくは何だ。科挙の試験が、あと十日に迫っているではないか」

その独り言をきいて、女は体を折りまげて笑いだした。

「ホホホホ、科挙の試験？　あなたは、まだそんなことを云っているのですか」

「離してくれ、後生だ」

「腕をこう？　ね、離してあげましたよ。さ、私は消えましょう、今夜から……。いい？　それでも、あなた」

「………」

子青は黙った。そして、うめくように云った。

「き、君は……敵だ」

「まあ、おそろしい云い分。まだ、わからないのね。ね、お聞きなさい。あなたがどんなに間違った人生をしているか。科挙の試験なんて悲しい執念。どうせ、通りっこないわ。そんなものに、人生で一番楽しい十年を、惜し気もなく磨《す》り潰《つぶ》しちゃうなんて、どういう了見かしら。人生に未来なんてない。あるといえば、死だけじゃないの。たしかに実在しているのは、死と、そして瞬間の生だけよ。わかる？　瞬間々々の集積だけが人生なの。その瞬間々々を楽しめば、やがて人生をちゃんと楽しんだということになるんじゃない？　たとえ通ったところで、どれほどのこともないわ。さ、楽しむのよ」

女は、子青の表情が崩れてゆくのを見極めると、その美しい頬で、彼の唇を蔽《おお》った。

それから三日経《た》った夜。

女はいつになく涙ぐんでいた。

子青が驚いて訊《たず》ねると、黙ってかぶりをふる。その様子が、先夜のそれとはまるで違って、はかなく可愛ゆげにみえる。

「どうしたの？　僕が気に障《さわ》るようなことを云ったかしら」

女は黙ってかぶりを振る。

腕をとって揺すぶりながら、なおもしつこく訊《き》くと、女は、意を決したように、口をひらいた。

「お別れに来たの」

「えっ」

「春が去れば、私の寿命も消えるわ。楽しみを永久に続けようと思うのが無理よ」

「あ、待って」

一陣の風とともに、女の姿は搔《か》き消えた。

子青はあとで、寝台の上に、一ひらの皓《しろ》い花弁を見出《みいだ》した。沈丁花《じんちょうげ》の花であった。やがてそれが、子青の庭の荒れはてた池の畔に咲いていたものとわかった。

子青は、その翌夜、つまり明日は科挙の試験が始まろうという夜に、沼へ身を投じて、不思議にも死体さえ浮ばなかった。

宋以来、中国の書生の間で、沈丁花を忌花《いみばな》として固く避ける風習が生れた。

睡蓮

初出「未生」一九五六年十月号。福田定一名で発表。「別冊週刊サンケイ」（一九六〇年四月一日号）に転載。原題は「睡蓮と仙人」。転載時に改題。「吉野風土記」第六集（一九五八年一月一日）に「役の行者」の題名で転載されている。転載時は司馬遼太郎名。

小角《おづぬ》は十七歳のとき、つくづく人間稼業《かぎょう》がばかくさくなった。

（これ以上、人間を続けるのは、ムダというものだろう）

思案のすえである。これ以上人間をしていても、やがて大人になり、老人になるよりほかは、手のないことだ。とんびにも、猪《いのしし》にもなれやしない。せめてとんびにでもなれればどんなに素晴しいことであろうか。幼いころ、埴安《はにやす》ノ池の岸辺で、秋の空に舞うとんびをみながら、ああ、あれがいい、とんびになってやろうと決意した。松の梢《こずえ》にのぼり、あおい空をみつめながら、とんび、とんび、おれはとんびだ、心気をしずめ、一途《いちず》にそう祈念していると、当然なことだが、かれの両の腕がつやつやとした翼に変じはじめ、胸に焦茶の羽毛がそよぎはじめた。もうよかろう、折から来た一陣の風に、かれはすばやく乗った。しかし、どこに誤算があったのか、かれはうなりを生じて松の木の下へ落ちた。落ちた拍子に根株で脾腹《ひばら》をいやというほど打ち、たちまち気をうしなったが、ほどなく夜露でさめた。あわてて手足を探ると、やはりただの人間であったのには、おどろいた。しかし、これしきで絶望するほどなら、かれもただの俗物であろう。そのころのかれは、大人になるということに、もっと素晴しい希望をつないでいたのだ。大人になれば、とんびにも魚にも、なろうと思えば、思うざまになれるのではあるまいか——。それが、大変な買いかぶりであったとは、十七になってやっとわかった。人間なんて、どこまで行っても芸のないばかげた存在だ。おれはこんなばかげた存在から、どうあっても脱出せねばならぬ。死ぬんじゃない。生きて、脱出する。……小角は決意した。

白雉《はくち》元(六五〇)年の冬、小角は雪の葛城山《かつらぎさん》に分け入ったまま、消息を絶った。小角、役《えん》ノ行者《ぎようじや》。没後、宮廷から諡名《おくりな》されて、神変大菩薩という。大和国葛城郡腋上《わきがみ》村茅原《ちはら》の生れ、血統は出雲《いずも》族である。

葛城の山に入ってまずかれが修行したのは、飛行術であった。山なみの南のはし金剛山《こごせ》から北はし二上山《ふたかみ》までのあいだ、尾根道をつたうだけでほぼ五里はあろう。かれはそこを走った。一日十回走ることにきめていた。ひとりで走るのではなく、よく飼いならした鹿十頭と一しょに走った。やがて、ただ走るだけではなく、一本歯の高足駄をはいて走った。一年たつと、こんどは鹿のほうがかれと走るのをやめてしまった。谷間へさしかかると、かれだけが、ぶうんとうなりを生じて、向うの山へ飛び越えてしまうからである。鹿のほうもばかばかしくなったのであろう。かれのほうも、もはや鹿には用がなくなった。谷間をとびこえられるなら、いま一歩思案を進めれば、そのまま天空へ舞いあがり、あの白雲のあとを追って鷹《たか》やとんびのように空に浮べるかもしれないのである。

しかし、羽がない。これは、致命的なことであった。羽がなくてはとべないか。小角は考えあぐんだ。やがて、ひとつの結論に達した。

この体の重さである。重さを、風よりも軽くすればよかろうではないか。かれはそれからの年、二上山の岩窟でひとすじに心気をしずめた。鎮魂帰神、この大気とわれとを合一させねばならぬ。小角はおぼえているだけの経文、呪文《じゅもん》をとなえ、精神を統一する。われと大気はおなじなり、われと大気は同じなり、エエ、われと大気はおなじなり。そう、気が変になるまで思いつづけ唱えつづけること、三百六十五日。ついにその三百六十五日目の夕方、とつじょ、胎中に涼風の吹きとおるような心境になり、しだいに意識が遠のきはじめ、こころよさ、いおうかたない。ふと気づくと、印《いん》を結んでいるはずの手がいつのまにか見えなくなり、腕に眼をやると腕はなく、体をみると体はまるで大気に融け去ったように影も形もみえなくなっているのである。思うほどもなく小角は大気のなかでゆらゆらとゆらぎはじめ、西風が吹けば東へ、東風が吹けば西へと流れて、そのまま葛城の山なみをはなれ、初秋の空をふわふわと泳ぎはじめた。埴安ノ池が天の青さをたたえて小さくしずまり、芝草の中の杉苔《すぎごけ》の一群れのように、こんもりと緑の隆起をみせている。なんともはや、役ノ小角はついに飛行術を心得た。

仙人になったと同時に、小角はアルピニストになった。葛城の山を出た小角は、それからというもの全国の山々を足のおもむくままに登るにいたる。なにしろ、今から千三百年も前のことである。登山装具といえば錫杖《しやくじよう》が一本に、一本歯の高足駄が一そく、着物もどうせ夏は木の葉ッパのつづりあわせ、冬はけものの毛皮でもかぶっていたのであろうか。むろんテントなんぞはもたない。山に登ると吉野川畔に棲《す》む国栖《くず》のひとびとのように山肌に横穴を掘って暮らした。

小角が登った山は、記録されているものだけでも千余はある。金峰山《きんぷせん》、大峯山上、高野山、牛滝《うしたき》、神峯山、箕面《みのお》など畿内《きない》の山々のほか、飛驒《ひだ》、常陸《ひたち》、伊豆、九州の諸高山があり、さらに不二《ふじ》にも登った。不二登山の最初の男といわれている。

不二は木《こ》ノ花咲耶《はなさくや》姫の化身《けしん》といわれる霊峰、小角にすれば、雲にかすむその頂きにこそ神の座にのぼる天の梯子《はしご》が架けられていると憧れたのであろう。小角はすでに仙人になっている。しかし、彼の夢はなかなかにそれだけで充足しきるものではない。小角の夢想はいまやさいげんもなくひろがっているのだ。生きながらにして仏になることはできまいか？　このまま生き身の姿で、仏の国に遊ぶことはできないものだろうか。この小角の夢想を嗤《わら》うものは、俗物のソシリを受けよ。小角は詩人であった。文字で遊ぶ詩人ではなく、自分の人生そのものを一篇の詩にしようとした男だ。すでに生き身の人間界とは、十七のときをかぎりに絶縁している。それからの小角は蚕が自分の体から吐きだした糸によってまゆをつくるように、自分の精神の中から吐きだした夢幻の国の中にのみ棲んだ。小角はすでに仙人である。しかし、仙人もなお人間であろう。人間とは完全に絶縁した世界、ゆきたいのはそこであった。

かれの夢想がそこまでひろがっていった裏には、それ相当な理由はあった。かれが不二にのぼったときは、流人《るにん》の身だったのである。文武帝の三（六九九）年、葛城山の麓《ふもと》に住む土豪一言主《ひとことぬし》という男によって、「小角は妖術を使って民を惑わす」と朝廷へ讒訴《ざんそ》され、そのために伊豆に配流《はいる》されている。かれはひとことの抗弁もせずに配所におもむいた。人臭い争いが小うるさかったのであろう。それに、伊豆にはまた、土地なりの素晴しい山もあろうではないか。小角は流罪をさいわいに伊豆一円の山々を跋渉《ばっしょう》し、大宝元（七〇一）年、ゆるされて畿内へ帰ろうとする途中、駿河《するが》路の空にそびえる不二の登頂を思いたったのである。しかし登ってはみたが、不二そのものからは、さしたる特異の感応はうけなかったらしい。遠くはなれてながめると、それは神のごとく清雅であり、頂から悠揚とたちのぼっている煙は、東の夷《あずまえびす》たちがいうごとく、山の精霊が天に捧《ささ》げる香煙でもあろうが、直接足でもって山肌にふれてみると、ふしぎと嵐気《らんき》というものがなかった。嵐気がなければ神は住まない、小角はそう思ったのである。

しかし、不二の精霊は、小角へなにものにもかえがたい一つの贈物をした。麓に小さな沼沢があったのだが、山を降りてきた小角がそこで水を掬《すく》おうとかがんだ。かれの眼の前に、ひとむらの睡蓮《すいれん》の花が、まるでかれを手招くかのように静かにふるえていたのである。なにげなく、かれは手をのばした。青い漣《さざなみ》が起って、睡蓮はついと彼のそばに近づくかと思うと、別の漣が水面を走って、花を彼の手のおよばぬ彼方《かなた》へと持ちやる。かれは何度かそれをくりかえした。花をとろうというのではなかった。かれはただ放心したようにそれをくりかえし風と漣と睡蓮とそしてその花を相手に、無心に遊んでいたにすぎない。黒砂の漠々とした不二の山肌から降りてきた小角にとって、この一茎の睡蓮の花は、妖《あや》しいばかりの美しさをもって彼の網膜を染めた。やがて初秋の天を蔽《おお》っていた銀色の鰯雲《いわしぐも》に茜《あかね》の色がさしはじめ、それがしだいに黯《くろ》ずみを増して、陽《ひ》は西のかたに落ちてゆく。暮れなずむ秋の光のなかで、小角は沼の水際にしゃがんだまままるで痴呆のように花と遊んでいたのである。水面に夜の靄《もや》がたちはじめて、やっと小角はわれにかえり、ぼう然と闇《やみ》の中に立った。ふしぎな時間であった。何刻《なんどき》のあいだであったか、かれはまるで痴者のごとく過ごしたようである。美しいものへ放心できるこころ、これこそ世尊《せそん》の説く正覚《しょうがく》というものではあるまいか。かれは、豁然《かつぜん》として悟った——。この心を、常住座臥《じようじゆうざが》、一分の迷いも瞬時のみだれもなく持続しうるものこそ、仏というものであろう。小角、いや優婆塞《うばそく》役ノ行者はここで仏となった。

小角、大和にかえる。しかし都《みやこ》にはたちよらず、そのままの足で吉野川をさかのぼり、大和、熊野、牟婁《むろ》の連山三百六十余峯をへめぐって、ついに大峯の山上ケ岳の頂上に至った。岩肌は風化して白《しら》け、天飈《てんぴょう》に吠える巨樹は、空を貫いて猛《た》けだけしいばかりである。小角は山巓《さんてん》の白い岩のうえに結跏《けっか》して叫んだ。

「みよ、雲表につらなる遥かな峰々、これこそあの蓮の花びらのごとくではないか」人間を絶した雲上の峰で、小角の哄笑《こうしよう》は怪鳥《けちよう》の声のごとく天にひびきその想念はかぎりもなくひろがるのであった。大峯をとりまく山なみは花びらのごとく重なり、結跏するこの岩こそ、その蕊《しべ》のごとくであろう。あの不二の麓でみた睡蓮、この岩に結跏すれば、あたかも巨大な蓮台にすわるような心地がする。

浄土とはおそらくこういうところであろうし、仏たるもの、または仏たらんと思うものの座るべき場所は、地上ただ一カ所、ここをのぞいてはもとめえまい。

……小角はそう思い、戒刀《かいとう》をとって屹立《きつりつ》する岩肌に文字を刻んだ。「わが滅後五百年、あとを慕うて修行する者、必ず神明の出現をえて教化されん」——神仏わが志に感応せば、いまたちどころに此処《ここ》に示顕《じげん》せよ。そう、小角が咽喉《のど》も破れよと叫ぶと、たちまち天地鳴動して眼前の岩に大火光が発し、やがて忿《ふん》怒《ぬ》の形相《ぎょうそう》をもった男——右手《めて》に三鈷杵《さんこしょ》を振りあげ左手《ゆんで》に刀印《とういん》を結んだ金剛不壊《こんごうふえ》の一像が湧出《ゆうしゅつ》した。小角はそれをみて狂喜し、「大いなるかな、金剛蔵王《ざおう》！」とその幻像の名を頌《たた》え、そのままくるりと背をむけ、錫杖をもって地を一打するや、雲海に消えたか、樹海に身をひそめたか、ついにその跡を絶った。時に、大宝元年の夏。以後、役ノ小角の記録はない。

菊の典侍

初出「未生」一九五六年十一月号。福田定一名で発表。

むかし、菊の典侍《てんじ》とよばれる女性《にょしょう》がいた。南朝の正平二（一三四七）年、流浪の宮廷が、吉野山にあったころのはなしである。

蔵人《くろうど》高辻のなにがしの娘で、十六のときに御所にのぼり、後醍醐天皇の後宮、新待賢門院につかえた。宮仕えしてまだほどないころ、吉水院の回廊ですれちがった若い公卿《くげ》が、その残り香に奇異を感じ、ふとよびとめたことがある。ふりむいた典侍は、その小さな美しい顔に、かすかな微笑をうかべながら、

「え？　かおり？　ホホ、あたくしは菊の典侍と申しますものを」

そのまま、裾《すそ》をさばいて通り去ってしまった。

典侍は菊の香りがするというので、それから評判が立った。衣に特殊な香《こう》を焚《た》きこんでいるのか、それともその肉体そのものからたちのぼる香りなのか、いずれともさだめがたかったが、とにかく、若い公卿たちの女ばなしの中には必ず典侍の名が出るのが常となった。

「あなたも恋歌を贈ったのか」「うむ、三度ばかり。が、つれない仕儀であったよ。返事はなかった。……するとあなたも贈った口なのだな」

秋の野を露にぬれて臥《ふ》す。野菊が寝みだれるにしたがって狂うように伏し乱れるであろう光景を、たれしもが、典侍の上に連想した。あの小柄でやや昂《たか》ぶりをもった白い顔を思うと、野菊の原に狩駒を馳《は》せさせるようにおもうざまふみにじってやりたい残忍さを、たれしもがおぼえた。

典侍のこころは、しかし、つめたかった。

逆上した青公卿が「あなたはもののあわれということがおわかりでないのか」と詰めよったことが、なんどかある。そのつど、典侍は面のように表情をくずさず、ひとことも口を利《き》かず、どのふみにもうたにも、一字の返事も出したことがなかった。ついに「あれは無教養なのであろう」という評がたった。いや、当今《とうぎん》（今上）の寵《ちょう》をねらっておるのかもしれないとの評をたてる者さえあった。

といって、彼女の声価がおとろえたわけではない。

彼女は、さまで美人というほどではなかった。いかに女官のすくない南朝の行宮《あんぐう》とはいえ、典侍ほどの容色なら、他にいくらも立勝《たちまさ》る女性はいた。文藻《ぶんそう》がゆたかなのかといえばそれもあきらかではない。才気のほども、彼女の無口さゆえに、どれほどのものか見当がつかなかった。要するに、どこといって取り立てて魅力のある女性ではない。ただ菊の香、それだけが、不可思議なあやしさをもってひとびとを打った。

ところで、菊の香というものは元来、芳香とはいいがたい。沈んだかすかな芳香の底に、やや腥臭《せいしゅう》に似た青ぐささがある。その青ぐさい腥臭が、奇妙な肉体感をもって典侍のからだをつつんでいた。好きものにすればたえがたい魅力であり、典侍にすれば、それが不幸の種といえた。

正平二年九月九日、流亡の宮廷とはいえ、恒例の菊の宴がもよおされた。

もともとこの宴を菊の節会《せちえ》または、重陽《ちょうよう》の宴ともいい、世が泰平であるならば、紫宸殿《ししんでん》に皇太子以下五卿が参入し、博士らを召して菊の詩を賦《ふ》せしめるのが故実である。

しかし、行宮には紫宸殿といえるほどの建物もない。月卿雲客《げっけいうんかく》とはいえ、時には弓箭《きゅうせん》をとり、甲冑《かっちゅう》を鎧《よろ》わねばならぬ戦乱の時代である。このとき、すべてが略儀で行われた。

三位《さんみ》以上に菊の酒を賜《たま》い、一同、和歌を詠進する。儀といえば、それのみである。

その重陽の夜、典侍は局《つぼね》で形ばかり祝った菊酒の酔いをさまそうと、風を慕って門を出た。

門の名を千秋門という。公卿たちが戯《ざ》れてつけた名前であろう。音は、都の御所の宣秋門につうじ、意味は、南朝の皇統の千秋なることを寿《ことほ》ぐ。しかし、ありようは、黒木のひくい四脚門なのであった。

門を出ると、すぐ、暗い谷が足もとをおびやかしている。

「いっ……」

典侍は、もがいた。いつ忍びよったのか、典侍の唇と胸を、男の大きな掌《て》がおさえている。と……、そのまま辷《すべ》って、ほそい両肩をだきすくめた。

「ははは、私ですよ。驚きましたか」

左近衛少将千種《ちぐさ》忠文が、白い歯を見せていた。のちに南朝の忠臣といわれた弾正大弼《だんじょうだいひつ》千種忠顕《ただあき》の末弟で、兄に似た小肥《こぶと》りな白い顔と同じく兄に似た淫相《いんそう》な厚ぼったい唇をもっていた。

「なるほど、ひとの噂《うわさ》にたがわぬ。こう、抱きしめていると、酔うような菊の香がしますな。な、そう固くならないで、もそっと……」

千種忠文は、典侍を抱く掌に力をこめて、ぐっとからだをひきよせた。

典侍は、だまっている。雲間からもれるかすかな光が、典侍の眼を、猫の瞳のように青く変じさせた。

「な、こう……」

忠文の手が、典侍の裾へすべる。

「いけませぬ」

「は、それは無粋《ぶすい》な。想うひとでも、ござるのかな」

「………」

相変らず、典侍はからだを固くしたまま、月の光のなかで、瞳をうごかさない。

「眼が、おうつくしい」

忠文は典侍の顔をのぞきこんでいたが、急に手をはなすと、

「たずねたい儀がある」

「………」

「あなたの父五位殿は、先帝の二年、なくなられた。で、あなたは女院につながる縁にたよって京を引払いこの吉野に仕えられたと聞くが、話がそれだけならばよい」

「………」

「あなたにはな、恋人がある」

え？　と、典侍は顔をあげた。

「従三位《じゆさんみ》侍従飛鳥井《あすかい》堯光《あきみつ》」

「………」

「であろう。しらべた」

はじめて典侍の表情に、動揺の影がはしった。

忠文はそれを見てとると、左手の木間の闇《やみ》へむかって手をふった。

と同時に、一人の武者がおどり出、白刃をキラリともさせず、手にもつ太刀をまっすぐに押しのばした。

声もたてず典侍のからだは串刺しになる。そのまま、小さく崩れた。

忠文は、無感動につっ立っていた。やがて腰をかがめて、典侍の胸をひろげた。

「ふ……、匂うものだ。死んでも」

「かばねは、いかがはからいましょう」

「む？」

忠文は、すでに現場から背をみせてあるきはじめていた。そして歌を詠吟するような調子で、

「よいように。……焼こうと、埋めようと」

「芳野《よしの》襍記《ざっき》」におさめられた菊ノ典侍の記録は、ただこれだけのものである。

なぜ、典侍は殺されたのか。

「襍記」に、典侍と契《ちぎり》をむすんでいたという侍従飛鳥井堯光とは、北朝方の公卿で、足利一族と結び、南朝討滅の企てに活潑《かっぱつ》なはたらきをみせていた男である。

その恋人が典侍であるとすれば、飛鳥井侍従の秘命をうけて、南朝方の動静を京都へ報《し》らせていたのではないか。それが南朝方に知れて、千種忠文が究明を買って出、この挙におよんだのであろうという憶測もたつ。というのは、当時南北朝時代とはいっても、親子兄弟友人知己が吉野・京都の両派にわかれ、

その血や恋のきずなを頼ってさかんな謀略 諜報《ちようほう》活動がおこなわれたふしがあるからである。

「芳野襍記」は、室町の初めごろに書かれた日記体の文章で、おそらく筆者は最初南朝につかえ、のち京都に隠棲《いんせい》した公卿ではないかとおもわれる。菊の典侍については、その容姿を意外な詳しさで記述しているほか、非業《ひごう》の最期《さいご》については、その理由は、はれものにさわるような態度で省筆している。

忠文の兄千種忠顕は、この事件からほどもなく足利直義《ただよし》の軍勢と比叡山麓《ひえいさんろく》で戦い、坂本で討死した。

忠文については、いかなる史料にも、この後、名を見出《みいだ》さない。

あるいは「芳野襍記」の筆者は、老残の千種忠文、そのひとではなかったか。とすれば、この簡単な記述のうちに、忠文と典侍とのあいだに複雑な人間関係がえがきだされるわけだが、ざんねんながら、それも憶測の範囲を出ない。

白椿

初出「未生」一九五七年一月号。福田定一名で発表。「別冊週刊サンケイ」(一九六〇年四月一日号)に転載。転載時は司馬遼太郎名。

正徳年間（一七一一～一六年）に刊行された「和漢三才図会《ずえ》」に、幻術のことが書かれている。

「按ずるに幻戯《めくらまし》は、他の眼を眩《くら》ますなり。本朝にも間々これあり。或は座中忽《たちま》ち水溢《あふ》れ、宛《あたか》も深淵《しんえん》に溺《おぼ》るるが如くにす。また、磁器に水あり。こつねんとして鯲《どじよう》数十尾生まれ、游《およ》ぎ走る。人四方にありてその去来を覘《み》るに、敢《あえ》て識《し》る者なし」

元禄のころに、塩売長次郎という者があった。江戸両国橋の畔に小屋掛けして、呑馬《どんば》術なるものを観せた。一頭の悍馬《かんば》を引出してきて、それを徐々に嚥下《えんか》する。最後の蹄《ひづめ》を口へ入れてしまうと、やがてそれを吐き出すのである。これも、前記三才図会に載っている。因《ちな》みに三才図会とは、江戸時代の百科事典でである。

さて、塩売長次郎、塩売とは、むろん町人のことであるから姓ではなく、呼名である。もともと塩を商いとして、幻術を自得した。

その終りはあきらかでないが、晩年、浅草寺にちかい庶民街の一角に、小ぎれいな妾宅《しょうたく》ふうの一屋を構えて、時に頼まれれば病気の治療などをした。治療といっても、外科・内科のそれではなく、こんにちの言葉でいえば催眠術療法というものであろう。

京都府立医大のN教授は、下鴨《しもがも》の神官の家に生まれ、少年の頃から催眠術に興味をもっていたが、消化器学を専攻するにつれ、催眠術で治癒しうる病状のあるのに気付いた。もともと、アメリカの臨床医学界で古くから試みられている方法なのだが、N教授のいままでの経験だけでも、少からぬ治癒例を出しているといわれる。塩売長次郎の行った治療というのも、おそらくこれらと原理のつながるものであろう。

長次郎の晩年は身辺を世話する老婆一人を相手の、気随な独身生活であった。若いころはおそらく相応な色恋沙汰《ざた》もあったはずだが幻術などで憂身をやつして、ひとや己れの精神をいたぶっていると、ある時期から、ふとやみがたい虚無の世界に入ってしまうものらしい。――長次郎もそういうことであったのか、ほとんど外出もせず、朝夕、山茶《つばき》の盆栽をいじるだけで、気楽に日を消していた。

短軀《たんく》の、程よく肥《ふと》った柔和な顔立ちの長次郎は、どこからみても怪奇な術の使い手とはみえず、庭の盆栽棚で鉢の手入れなどをしている姿などは、富商の楽隠居のようにも見えた。

山茶、わけても白椿が好きである。つばきは、正しくは椿といわない。椿はセンダン科のチャンチンの漢字であり、山茶というのが正しい。

山茶のうちでも、蓮華咲きの八重大輪をつける雪白の「見驚《みおどろき》」を愛し、その栽培に妙を得ていた。

「見驚」の白さというものは、また格別のものである。咲き出《い》でた大輪を、長次郎は手で囲い、頰《ほお》で擦るようにしていとおしんだ。するうちに、おかしなことであるが、白花からたちのぼる清冽《せいれつ》な生気に、ひさしくわすれていた女性《にょしょう》への愛が、ふと胎中にうずくのをおぼえて、ひとり苦笑した。

そうしたある朝、式台に使いを迎えた。本所随一の富豪といわれた伊勢屋総右衛門の手代清吉である。

初の見参で恐縮であるが、当家に病人出来《しゅったい》し、薬石はかばかしくなく、付添の医師も、いちど、長次郎どのの験《げん》を試みたまえとすすめます次第、いかがでありましょうか。表に駕籠《かご》も用意しましたにつき、これからお越し下さるまいか、という口上、富家の使いに似ず、いかにも慇懃《いんぎん》であった。

長次郎も閑《ひま》をもてあます身、快諾してその駕籠に乗る。着いた本所の邸《やしき》は、さすが音にも聞えたとおり、見えぬところに綺羅《きら》を埋めた豪奢《ごうしゃ》なものである。

案内されて奥へ通り、庭へおりて、離屋にはいった。

主人総右衛門に挨拶《あいさつ》され、病室へ通った。そこで、主治医沢之井玄沢《げんたく》の下診《したみ》をつとめる町医から、病状についての一通りの報告をうけた。病名は労咳《ろうがい》（こんにちの肺結核）であった。長次郎は医者ではないから、病状に関する差出た質問はしない。

「で、御病人は――」

「当家のお嬢さまです」

これは、うかつであった。ここまで案内されながら病人が誰かということについては、ついぞ訊《き》かなかった。当家の次女で、しずという。

病床の裾《すそ》に、金色もまばゆい桃山の古屏風《こびょうぶ》が立てめぐらされてある。その蔭から進み出て長次郎は枕頭《ちんとう》にすわった。

「しずさん、――とか申したな」

長次郎は横柄《おうへい》に話しかけた。そばで見ていた医師には、まるで人が化《な》り変ったかとおもうほど、長次郎の姿が雄偉にみえた。細い眼があやしく光って、病人を見据えている。被術者の魂を誘引する、施術の第一段階なのであろう。

「わしはかつて、七尺の悍馬を呑《の》み、海内《かいだい》に法術をうたわれた塩売長次郎じゃ。あなたの病気を癒《なお》すぐらい、いとやすい。かならずなおる。よいかな。わしは今日から二日おきに十五回、ここに参る。そのつど、あなたの病気は薄紙を剝《は》ぐごとく快《よ》くなる。十五回目、つまり今日から三十日目で、床上げと心得るがよい」

そう云《い》って、その日はべつに施術もせず、家の者を呼んで自宅へ走らせ、自栽の「見驚」のひと鉢を病室へはこびこませた。

三尺ばかりの木に、五輪ばかりの花が清楚《せいそ》な白さを誇っている。長次郎は鋏《はさみ》を借りるとそれを惜しげもなくきり落し、たった一輪、それもまだ青固いふくらみをもった蕾《つぼみ》のみを残した。

「よいか。この蕾が、あなたじゃ。よいな、この蕾を、しずと云う」

娘は枕の上で、こっくりをした。――美しい娘である。この病気特有の白い皮膚が、やつれた頰に透きとおるようであった。まつげのながい、大きな瞳が長次郎をすがるように見ている。

「蕾は、やがて、花をふきだす。ひらくにつれて、しずの病もなおる。三十日目に、みごとな白輪をひらくであろう。そのとき、しずも全快じゃ」

娘は、もういちどこっくりした。瞳は開いてはいたが、すでに被術者特有の黲気《あいき》がかかって、もはや、何も見えてはいない模様であった。

——蕾が、しずじゃ。

しずの魂は長次郎の強力な暗示の導きで、肉体を離れ、すでに蕾の芯に入ったかのようであった。

長次郎は眼顔で医者を促して、たちあがった。

部屋を出ようとして、ふと気付いて、しずを振りかえった。黒い眼が、まだ、パッチリと山茶のほうにむかって見開いている。

「しず。ねむれ」

娘は眼をつぶった。そのまま眠りにおちいった。

約束どおり長次郎は、それから二日ごとに娘の枕頭にたちあらわれた。

来るごとに「見驚」の蕾はふくらみ、娘の病状は快方に向ってゆくごとくであった。

むろん、それに併行して、その間も医師沢之井玄沢の投薬はおこなわれた。

玄沢は、かつて、伊達《だて》藩江戸藩邸詰の御典医として二百石、拝領した名医だが、先年隠居して家督を長子江庵《こうあん》にゆずり、閑居のつれづれのまま、とくに頼まれれば往診するといった気楽な境涯である。人柄に長者の風があって、日ましに熱もさがり血色もよくなってゆく病人の様子をみて、長次郎の施術のふしぎさを、素直に感じ入っていた。

やがて三十日目が来た。「見驚」の大輪はみごとに咲きひらき、娘は床の上に起きあがって食事も人並以上に摂《と》るまでに快癒した。

伊勢屋総右衛門のよろこびは、ひとかたでない。莫大《ばくだい》な金品を供にもたせて、長次郎宅をみずから訪れた。

「わざわざ、いたみいります。——ただ、明日もう一度だけ御病室を訪れます。ただし、これは私《わたくし》の用です」

その翌日のことである。

例によって長次郎は、飄然《ひょうぜん》と娘の病室をたずね、人払いを乞うた。

ちょうど、来合わせていた沢之井玄沢は、思うところがあって供の中間《ちゅうげん》に命じ、病室の天井へ忍ばせた。

長次郎は、じっと娘のしずの寝顔をのぞきこんでいる。

「しず――」

「はい」

娘は、夢寐《むび》のうちに応《こた》える。

「お前は……」

「山茶でございます」

「花は、ひらいたか」

「はい、見事に――。からだじゅうが、匂《にお》うようでございます」

「病いは、癒《い》えたな」

「はい」

そのとき、長次郎は、つと手をのばして、咲きひらいた白い花を、矢庭《やにわ》にもいだ。

と同時に、娘ははげしく絶叫し悶絶《もんぜつ》した。

天井から伏し覗《のぞ》いていた中間は、思わず口に手をあてた。

娘の顔が、死顔に変じたからである。

が、それも一瞬のことであった。長次郎は再び手にもつ花を、山茶の枝に還《かえ》した。どういう呼吸があるのか、花はみごとに枝の先に咲き香った。とともに、娘の顔に美しい血色が兆しはじめ、やがて瞳をひらいて枕辺にすわり、艶然《えんぜん》と花をながめた。

長次郎は、つと立って部屋を出、庭下駄をはいた。家人は、いつ彼が辞したのか夕刻まで気付かなかった。

という話は、沢之井玄沢が、その日記「刀圭鎖談」に書き遺《のこ》している物語である。長次郎が、快癒した娘を一たん死に至らしめたのは、おそらく己れの術の成果を確かめたかったのであろうと玄沢は解釈し、その精神のきびしさに好意を寄せている。が、くわしくは、こんにち、忖度《そんたく》のほかない。

サフラン

初出「未生」一九五七年二月号。福田定一名で発表。「別冊週刊サンケイ」(一九六〇年四月一日号)に転載。原題は「沙漠の無道時代」。転載時に改題、司馬遼太郎名とする。

アラビア沙漠に、「無道時代」という名の時代があった。七世紀の初頭、ムハメッドが出るにおよんで、全アラビアは彼のコーランと剣によって統一されたが、話はそれより以前、沙漠の諸種族があくない争闘にあけくれしたある時期、この時期を回教民族の史家たちは「無道時代」とよぶ。

この時代にあっては、腰間の剣のみがこの世で信じうるたった一つのものであり、勇気のみが、この地上で讃《たた》えらるべき唯一の道徳であった。

アブル・アリは、この時代に出現した、数多くの豪傑のうちの一人である。中部のキンダ国の騎士で、メッカに近い小さな種族に属していたが、その獰《どう》猛《もう》さは、沙漠の星の下に住む、あらゆる人々に知れわたっていた。

ペルシャ湾に面したコウエイトの町に旅をしたとき、城門に入るや、市に群れていたペルシャ人たちは、知る者、知らぬものを問わず、争ってこの男のために通路をあけた。西部から東部へ、万里をへだてた異民族の町でさえ、彼の名と風ぼうはひびきわたっていたのであろう。一目でそれと知れる明白な目印があった。七尺ちかい巨軀《きょく》、それだけなら、叙事詩の勇士たちの中で他に何人かはある。「アブル・アリに、さわるな」、そう人々が目引き袖《そで》引きして警《いまし》めあった彼の目印は、その笑顔にあった。誰も、かれが真顔でいたときを知らない。いつも魁偉《かいい》な顔に微笑がただよい、偃月刀《えんげつとう》をふるって敵の肩を斬《き》りさげる瞬間ですら、声をたてて豪快に笑った。

アブル・アリの笑い、これは敵にとっては凄絶《せいぜつ》な地獄の怪鳥《けちょう》の声のようにも響き、馬や駱駝《らくだ》でさえ、そのけたたましい笑い声をきいて前足を砂にうずめた。そう、アラビアの伝承詩の語り手たちは伝えている。

さて、このアリを殺す役目を引受けた不幸な男は、山猫《スレット》という仇名《あだな》の小男であった。山猫のひいたクジは、沙漠の数ある勇士たちの運命の中でも、もっとも栄光ある、もっとも悲惨なクジであったかもしれぬ。

この男は、アリの部族とは永い敵対関係にある隣接部族に所属する騎士で、父と弟が、アリの槍に血を吸われて討死した。山猫だけではない。部族のなかには、アリのために親兄弟を殺された者が、百人を下らないといわれた。殺された者の血が、砂の上にまだぎらぎらと碧《あお》い溜《たま》りを残しているあいだに、肉親が加害者を追って息の根を止め、その血を同じ砂の上にそそぎこむというのが、古代アラビアの殺人スポーツにおける、かがやかしいルールであったが、ただし、このルールは、アリのばあいにだけはまるで当てはまらなかった。彼が強すぎたのである。

山猫は、部落の遺族たちのねがいを肩に、一頭の馬にゆられ、一頭の馬に水《み》甕《がめ》をつんで、アブル・アリを討つ旅に出た。

アリの部落まで、騎行八日の旅程である。ひるは熱い砂丘のひだを拾い、夜は、星の下に暗い蹄《ひづめ》のあとを刻してゆく。征衣の袖《そで》に砂塵《さじん》がつもり、さらにその砂塵を沙漠の劫風《ごうふう》が吹払って、山猫の顔は、日を重ねるにつれ、孤絶の影が濃くなっていった。

山猫は、アリとの闘いに勝てようとは、露ほども思っていなかった。彼は、戦場におけるアリを、何度か目撃して知っている。刀槍をふるうその勢いは、まるで巨大な岩《いわ》が、ごうごうと天空から落下するにも似、敵陣に突き入るさまは、その岩が大地にころげまわるにも似て、触れるものは衄《ちぬ》られ、逃げるものも足がすくみ、またたくまに戦場は屍《しかばね》の野とされた。

(あれは、人じゃない)

山猫は、そう思っている。自分のごときものが、彼に勝てようとはつゆほども思っていなかった。

馬上に背をまるめ、あごを心持つき出して進む山猫は、きれいな澄んだ小さい瞳をもっていた。アリの部落に着いた日が、おれの一生の終る日だ……、すべての刺客《しかく》がそうであるように、山猫の心も、削《そ》ぎたった氷針の尖《さき》のような、つめたい虚無が宿っていた。孤客万里ノ風《こかくばんりかぜ》——悲愴《ひそう》を歌うになれたシナの詩人ならば、さしずめ、山猫の馬上を吹きぬける風に無限の思いをこめたろう。

その夜、アリの部落では、砂上にかがりを焚《た》いて、新月の誕生をいわう酒宴がひらかれていた。

酒、女、そして剣、これが無道時代の男の生活のすべてである。アリは、一人の女を抱いたまま砂の上に倒れ、右手にはなお革嚢《かわぶくろ》をはなさず、咽喉《のど》の焼けそうな酒を、間断なく流しこんでいた。アリの周囲は、彼の左手が抱いた女のほか、たれもいなかった。同族の者ですら、彼を怖《おそ》れ、とくに今宵《こよい》の彼の酔態をおそれて、彼よりもはるかはなれたところで群れを作り、時折彼のほうを窺《うかが》っては、高声も出さずに酒をのんでいた。

砂上に伸ばしたアリの左腕に触れる砂は、昼間の太陽を含んで温かく、その左腕に抱きすくめた女の胸は、さらに砂よりも温かかった。掌《てのひら》の下に、豊かな乳房がある。アリの大きな掌の下で、その乳房は、こまかくふるえていた。今宵のアリにすれば、そのことすら、不快の種であったのである。

「なんだ、こいつ。まだ、ふるえてやがるのか。おれのしたことの、どこどことが気に入らねえ。云《い》え。云わねえか」

女は、瞳を動かして、アリを見た。そしてすぐ伏せた。

女は、その夜、新月と部族の守護神に捧《ささ》げられた処女犠牲《にえ》だったのである。

しかし女はこの砂の上でアリのために犯された。

「何の、ふしぎがあるかよう！」

アリは、祭典が進んでいる真最中、人垣を押し倒して祭壇にかけのぼり、犠牲の女を小脇《こわき》にひっさらったまま、叫んだものだ。

「守護神なんて、どこにいやがるんだ。血迷わずに、みんな、よっくおれを見ろ。おれが守護神じゃねえか。ええ、戦さがあるたびに誰がおめえらを守った。この部族もよ、おめえらの薄汚ねえ心臓もよ、こんにち生きて新月を拝めるというのも、みな、おれという守護神のおかげじゃねえかよ。祭るなら、おれを祭りやがったらどうだ。わかったか。わからねえはずはねえ、この犠牲は、おれ様のもんだ」

「アリ。お前は酔っている。すこし醒《さ》めるまで、その辺で横になっていてくれ」

「おう、おめえが今日の司祭役か。戦さのときは逃げてばかりいやがってよ。こんな時になると、しゃしゃり出て来やがる。おめえ、おれが守護神じゃねえというのか」

アリは、その男の右肩を摑《つか》んだ。ポキポキと骨の砕ける音がして、男は斃《たお》れた。ふりむきもせずアリは、女をさらったまま、向うの砂丘へ消えたのである。

一つには、アリが酒乱ということもあったろうし、一つには、彼の戦場での働きにもかかわらず、部族内での処遇が、もともと冷たかった鬱積《うっせき》も原因していたかもしれぬ。アリは、戦場でこそ強かったが、平素は粗暴で単純で、思考力のほんのひとかけらさえないと部族の中では軽侮されていたのである。

「云わねえか、な、女。おれは、おめえ達の命をまもってやる守護神だぞ。そうだろう？――なんとか、云え」

アリは、女の肩をゆさぶった。女は、恐怖を眼いっぱいにみなぎらせながら、それでも必死にものを云おうとしている風情《ふぜい》だった。声にはならず、ただあぐあぐさせている唇許《くちもと》へ、アリは耳をつけて、

「さ、云え」

「あ、あの、神様なら、死なないでしょう？　あなたは、やがては死ぬんですもの」

「死ぬ？　おれが？　はははは、おれが死ぬというのか。無邪気なことをいう奴だ」

「じゃありません？」

「じゃねえな。死なねえ。死のうにも、おれを殺せる奴が、このアラビア中にいねえよ」

愚にもつかぬ問答をくりかえしているうちに、アリの酒も狂気も、しだいに醒めはててやがては、横にいる女も忘れたかのように、ぼんやりと、星いっぱいの空に瞳を漂わせはじめた。

（おれを殺せる奴が、このアラビア中にいない……）

たしかに、そのとおりである。このアラビアでは、月が東から昇るとおなじ程度に、アリを殺せるものがいないということは、不動の真理のようなものであった。

（なるほど、おれを殺せるものがいない）

こう呟《つぶや》いてみると、アリのこころは、ふしぎと沈んでくるのである。アリの半生というのは、ただ戦ってきたというだけのものであった。戦って敵を殺す、その肉体的な衝動の記憶の連続だけが、アリの半生というものであったかもしれぬ。おかしなことに、この男は、自分が誰よりも強く誰よりも弱いということを、かつて考えたこともなかった。漠然と、おれは沙漠第一の勇者であると思ったことはあるが、それも他人の力量と自分のそれとを秤《はかり》にかけたうえでの思量計算ではない。自分を客観的に量《はか》るという了見のまったくない男で、動物的な肉体感だけでこの男は半生を生きてきた。

ところが、なんと、この沙漠では、おれを殺せる者が、ただの一人もない。なるほど、もともとそうには違いないが、しみじみと、そう胸の底から思い至ったのは、これが最初であった。

（おれは、なんと、たった一人の男だ）

それはなんともふしぎなことであるが、アリの胸に湧《わ》いたこの想念は、アリの心を昂《たか》ぶりへはかきたてずに、思えば思うほど、心は沈んでゆくばかりなのである。なぜ、心が滅入《めい》るのか、アリにはわからない。しかし、心がこのように冷たく、やるせなく沈んでゆくという経験は、この男にははじめてのものであった。しかも、心が沈んでゆくその底に、ぽっかりと暗い大きな穴があいて、そこから妙な風が吹きぬけているような気もする。風が胸の内壁に当るたびに、肉が腐り、血がよどんで、もはや手足を動かすのさえ、ものうくなってきた。

やがて、アリは、女を離して、よろよろと立ちあがる。ちょうど、そのときである。山猫が、アリの部落の丘にたどりついた。

一目みて、丘の上で身を起した男が、めざすその男であると知った山猫は、呼ばわりもせずに槍をとりなおし、ひょうと、投げかけた。狂いもせずに、穂先はアリの胸板に当って、カラリと落ちた。アリの胸に毛ほどの傷をつけたにすぎぬ。この男の筋肉の固さは、叙事詩によれば、胸板に当った岩石がこなごなに砕けたと讃えられている。山猫の槍はアリの足元に踏まれて、無残にも柄《え》がいくつかに折れ飛んだ。

山猫は、素早く矢をつがえて、二矢《し》、三矢と射た。それも、アリのすねと腕の皮膚をわずかに傷つけたにすぎぬ。山猫は呆然《ぼうぜん》と弓を砂上に投げだして、はじめて夢から醒めたように、敵の姿をまじまじとながめた。

アリは、ただ立っているだけなのである。まるで、山猫の姿を、その視野の中にも入れていない様子で、眼はぼんやりと空《くう》を游《およ》がせていた。

山猫は、つるぎを抜き、じりじりと近寄って、その眼を見た。アリは立っている。眼は、ただ開いていた。

「アブル・アリ」

山猫は、呼びかけた。

アリは、はじめて醒めた人のごとく、山猫の顔を見おろした。

「お前を、殺しに来た」

「殺しに？」

「いや、おれのほうが殺されるかもしれぬ。おそらく、そうなるだろう。おれには、どちらでもいいことだ。とにかく剣を抜け」

「剣を抜いて、どうするのだ」

「おれと、勝負をしてもらう」

「ふむ……」

アリは、あらためて、この男を見た。この小男の顔を、ふしぎな歌をうたう鳥をでも見るような眼で、まじまじと見つめながら、

「無駄なことだ。お前が負けるにきまっている」

「なるほど、負けるにきまっている。しかしおれは、部族の者から勝負をして来いといわれた。抜け」

「はじめから決っている勝負を、勝負とはいえんわい。おれは、急に、そんなものが面白うなくなった」

「抜いてくれ。な、刃を合わすんだ。そしておれを、お前は殺すんだ」

山猫はまるで、この大男を、さとすような口調で云った。

「なにを云やがる。面白くもねえ」

アリは肩からゲッソリと力をぬいて、うしろをむいた。このまま、山猫をすてて丘をおりはじめようとした。

「アリ！」

山猫が、剣をとりなおし、背をまるめてそのあとを追いすがったとき、

「………」

アリの気持が急に変った。

抜く手もみせずに、アリの白刃は星空にかがやき一閃《いっせん》したかと思うと、山猫の首は鮮血をひいて天に刎《は》ねとんだ。と同時に、白刃はそのまま一旋して、アリ、みずからの首をたかだかとはねとばしていたのである。そばで見た者があったとすれば、それはまったく一瞬の出来事であった。

山猫は死んだ。アリも死んだ。

蒙古桜

初出「未生」一九五七年三月号。福田定一名で発表。

カラコルムの城門を出た一騎の伝騎が、しばらく往来の人波をタヅナで掻《か》きわけていたが、やがて町を離れると馬首を西方にむけ、たちまち流星のように地平のむこうへ消えた。——西暦一二四〇年、夏のことである。

同じ時刻、ナルンの疏林で恋人と逢《あ》うはずであった少女サラには、草原のむこうに陽《ひ》が狂い没し群青《ぐんじょう》の夜がきて狼星が輝く時刻になっても、ついに待つ男は現われなかった。

サラがその男と契ったのは、カラコルムのオボ祭の夜、いまから数えて一年前のことであった。その夜から七日ごとに、ふたりはこの疏林の中で逢瀬《おうせ》をかさねた。男は林のむこうからサラが来ると、言葉もなく草の上にサラを押し倒し、まるで狼が兎《うさぎ》を食いちぎるようにはげしく愛撫《あいぶ》した。やがて、ふたりの愛に静かなゆとりがうまれ、互いを夫とよび妻とよべる一つ包《パオ》の生活を語りあうようになった。しかしそれらの言葉は、いつも空《むな》しく天へ消えた。男は、一頭の羊さえもたぬ、乗馬靴ただ一足だけを穿《は》いた兵士にすぎなかったのだ。兵舎を離れて、どんな食べものをあたえてサラを養ってゆけるのか。

「サラよ、お前ならどうする。いい知恵はないか。おしえておくれ」

男はいつも語りおわると、こうサラにたずねた。サラは黙って男の眼をのぞきながら、静かな微笑《ほほえ》みをただよわせるのが常だった。成らぬ物語とはいえ、夢の包の物語を熱っぽく語りつづける男の顔が、身の融けるほどに好きだったのだ。

「あたしには、わからない」

男の話のあげくにポツリとそう答えて、それがいつもの終止符であるかのように男の胸に身をもたせた。やがて狼星が地平からのぼりはじめ、二人は身をはなして、林につないであるそれぞれの馬にまたがり、一人は城の中の兵舎へ、一人は城外の村《アイマグ》へ、蹄《ひづめ》の音を忍ばせて帰るのである。

そうしたある日、男は、

「大汗の病がおもくなった」

とサラに告げた、サラは、疏林を通して南のほうにピンクの影を浮ばせているカラコルムの宮城を見た。——そこに、ジンギス汗の子、大蒙古帝国二代の大汗オゴタイが、しずかに病を養っている。一二二七年、南ロシヤを馬蹄《ばてい》に蹂《ふみにじ》ったジンギス汗が、軍をかえして西夏を襲ったのを最後に六十年の生涯を閉じた。ただちに子オゴタイが立ち、五百万の蒙古軍国に号令して、まず東は金国を覆滅し、西は、猛将バツーに五十万の兵を与えて遠くヨーロッパを蹂躙《じゅうりん》した。「天《テングリ》の神よ、わが父ジンギス汗よ、我等モンゴルの子、ついにラインの岸に馬蹄を洗いたり」雪嶺に登り碧落《へきらく》の天にむかって高笑したオゴタイ大汗は、欧洲征服の完成もみぬまに、いま風土の病につかれて命は旦夕《たんせき》のあいだもさだめぬ。

「持つまい。あとふた朝もな」男はいくぶん弾んだ声で、そう伝えるのである。大汗の病と、私たちの愛の営みの間にどんなつながりがあるのか。……サラは、かすかにふしぎを覚えたが、やがてはげしい抱擁のなかに身を入れていった。終えて、男は草の上に立ちあがった。そのときサラは見た。男の帽子に、ひとすじの鷲《わし》の羽がそよいでいたのを――。サラの視線に気付いて、男はあわててそれを引きむしった。サラを抱きよせながら、

「なんでもない。ね。今にきっとなにもかもよくなる。千頭の羊を飼って、きれいな包《パオ》に住んで。……な、サラ、ふたりの幸福のために、私は何でもするつもりだ」

七日経《た》ったその次の逢瀬に、男はついに来なかったのである。はじめての契りの夜から嘗《か》ってないことであった。サラはくたくたと下草のうえに崩れて、祈るような姿で星をながめた。男の心が、褪《あ》せたのか。そう疑えるだけの心の機能を、十三世紀の中央亜細亜《アジア》の草原に育ったサラは、生れつき持たなかった。恋人を、信じつづけたのか。それもやや違っていた。信ずるという心の力みは、

疑うという機能の裏付けがあってこそ可能なものだ。このときのサラの心は、ただひたすらに震えつづけていた。男への、ただそれだけしかない思いに震えつづけた。その震えが、サラのいのちの底に、ふしぎな怖《おそ》れを呼びさませた。——奇蹟《きせき》というものは、こうした時に起る。こんにちの世界に、すでに奇蹟は絶えた。奇蹟の起るひたすらな原始の心が、もはやどの民族の恋人たちの心からも、退化しはてたためであろうか。十三世紀、疏林の中で星をみつめていたサラの心に、奇蹟が起った。サラは、みよ、満天の星の中を星座から星座へ、ただ一騎、天の風の中に馬を漕《こ》がしてゆく青い小さな恋人の影を見たのである。

「あっ、あの人……」

そのとき、サラの肩につめたい掌《て》が載った。冷たい掌の指先からひと茎の桜草がそよいで、サラの頰《ほお》をくすぐった。はっとふりむくと、そこに青い煙のようなひとの形がたたずんでいた。ひとの形は、右手をサラの肩にかけ、左手に桜草をかざして、サラの背を抱きかかえるようにしてうずくまっている。

「サラ、びっくりするんじゃない。私は、この森の精だ」

小さな、細い、きれいな声だった。

「お前たちの恋を、いつも見ていた森の精だよ。けっしてお前たちとは他人じゃない」

森の精は話しつづけた。

「いいかい、あの青い点、お前は見たね。ホラホラ、あの青い点、……消えた、いやまた行く。西へ西へ、あの男は、かぎりもなく走りつづける。行く先は、……あの男の死の壁だよ」

「えっ」

「おどろいても、いまさら仕様がないじゃないか。もう始まってしまったんだから。あの男は、自分でそんな運命の鞭《むち》を選んだ。それもみんなお前の為《ため》だよ。お前と一緒に暮らす幸福のために、可哀そうに、あの男はあんな所を走っている……」

「あたしのために？……」

「そうさ。そうなんだよ。人間て、なんて、馬鹿で可愛いいきものなんだろう。

ホラ、また星を一つ越した。かわいそうに、ああ走っても……」

「お、お願いです。あ、あの……」

「わかってるよ。助けてあげてくれというんだろう？　そのために、私はこうしてあんたの前に来ているんだ。さ、掌をお出し。掌だよ」

サラの出した掌に、森の精は桜草を握らせた。

「いいかい。この桜草はね、私の祈りがこめてある。みてごらん。花びらが、うっすらと血の色をして、こんなにきれいだろう？　しかし根をはなれた草が、いつまでいのちをもつか、この花の色も、あと、知れたものだ。ね、サラ。いいかい、この花に、私の祈りがこめてある。萎《しお》れちゃ、花のいのちも私の祈りも、それで天に還《かえ》ってしまう。わかるだろう？　それを萎れさせないようにするのさ、お前のいのちをこめて、花の祈りといのちを守るのさ。——そうすれば、あの男は、きっと、元気でお前のところに帰ってくる」

いうと、森の精は青い煙となり、煙もうすれて、草の上にぼんやりと座ったサラの掌にひと茎の桜草がのこった。

この男の名前は、後に史上に記録された。蒙古騎兵が誇った鷲の羽の伝騎、その伝騎の中でも、鬼神のような走破を遂げた名騎士、それが、このエルトム・バートルである。

地球のほとんどを制覇した蒙古の軍団には他民族にない、いくつかの秘技があった。騎兵が輜重《しちょう》と一体で動くこと、集団騎射の巧技、それらはいずれも中世のヨーロッパ軍団をふるえあがらせたが、そのうちでも最も大きな勝因をなしたのは、その凄愴《せいそう》きわまる通信連絡の法であった。いうところの、モンゴルの伝騎である。その伝騎の中でも、最も重要、もっともすさまじい役割をはたす者に、鷲の羽をつけさせた。鷲の羽、それをかぶとにつける。エルトム・バートルは騎士としての名誉と、羊千頭の褒賞《ほうしょう》のために、百人長に申し出て、鷲の羽の伝騎を志願したのである。

オゴタイ大汗の肺が最後の呼吸をするや、宮殿を躍り出た一騎の蒙古馬は、風よりもはやく西へ西へ驀進《ばくしん》した。西のかた、一万キロ、およそ地球の半周にもちかい距離を、地中海岸に布陣する欧洲征討軍司令官バッーのもとへ、大汗の死を報《し》らせるために走る。恋人サラに、別れを告げるいとまもなく。

地をつかみ空《くう》を飛び、地平から地平へ、昼は烈日のもとに、夜は星屑《ほしくず》の下を、鷲の羽は弾丸のごとく大気の中を流れ走った。

このとき、記録によれば、エルトムは、一日千三百キロを走破したといわれる。

出発にさきだって、内臓を破裂させぬために下腹部に一丈あまりの白木綿を巻き、日出から日没まで何一つの固形物をとらずに、ただ走る。内臓の負担を最少限に軽減するためだ。ただ、駅々で茶だけを喫《の》むことが許されていた。その駅で馬を代える。代えればさらに疾駆した。新しい蹄のうしろで、乗りつぶされた馬が脚をあげて斃《たお》れた。このとき駅々に付置された代馬の数、百九十三頭。

ときどき、エルトムの唇から血が滴《したた》った。血は頬を横に流れ、そのまま風に吹き散った。かくて、おのれがあげる砂塵《さじん》のみを蹴《け》って、天と地、ただそれだけの曠野《こうや》に、エルトムは夜もひるもない孤独な疾走をつづけた。いつ、彼の内臓が破滅するか。

ナルンの疏林のなかでは、サラが、エルトムのいのちの明滅をみつづけている。掌の中の桜草は夜を重ねるうちに次第に乾きはじめ花びらはみずみずしさを失いはじめた。サラは茎を唇に含んで生気を保とうとしたが、七日目の夜、ついに花は白い移ろいを見せて、花芯は力なく垂れた。天を見ると、なお男の青い影は、満天の星の中に無限の疾走をつづけている。

（エルトム！　ア、あなたは、死ぬ……）

サラは、夢中で桜草を抱きしめた。と、急に、狂気したように自分の膝《ひざ》をひろげた。夜目にしろく、白い股《もも》がみえた。その股へ、サラは、逆手にもった小刀をためらいもせずに突き刺した。その傷口へ、ふかぶかと桜草の茎をさしこんだのである。

血が、脚を流れ草をぬらし、それを砂がむざんに吸った。サラは唇を花に寄せ、両手でそっと茎をかこんで、いつまでも影を動かさなかった。——幾時間かを経た。やがて、白い股に立った花は、しだいに生気を復しはじめた。花びらに、うっすらと血のあか味がさした。

（あ、生きる。……この花……）

サラは、天を見た。相変らず青い影は、無感動なまでの速度で、東から西へ動きをつづけていた。

しかし、サラの試みは、一夜しかもたなかった。やがて、血が傷口の中で凝固しはじめた。そのつど、サラは花を抜いて、再び小刀を股の新しい皮膚へつきたてた。あふれ出る新しい血を吸って、花はいくどか活きかえりをつづけた。

記録によれば、一二四〇年の八月十八日、エルトムはカスピ海浜を越え、同十九日、バツーの軍旅の中に入った。

「鷲《シンボル》の羽！」そう叫んで軍団の中を、矢のごとく駆けぬける。騎兵たちは、道をあけた。日も落ち、十九日の狼星が天にあがったとき、バツー汗は、ライン河からほどちかい大幕舎の前で、伝騎エルトムの口から、全蒙古の大汗オゴタイの死を知った。

エルトムは馬から落ち、それだけを伝えると、おびただしい血を吐いて、息を引きとった。左右の騎士が駆け寄ってエルトムの靴の裏をみて、そこに刻まれた出発の日を知った。カラコルムを発《た》ち礫沙《れきさ》のアジアを駆けぬけ、日を繰ってわずか十日ののちであった。

報告を受けるや、バツーは全軍に撤退令をくだし、そのまま死骸《しがい》には眼もくれず、幕舎の中に姿を消した。

「元朝秘史余録」という古記によれば、同時刻ナルンの疏林で、少女サラが死んだと伝えられる。血があかあかと砂を染め、頰は草よりも青かった。


（完）

解説

菅野昭正

ここに収められた『花妖譚』十篇を読んだのは、じつは今度がはじめてである。初読であるばかりでなく、季節に先がけて、人知れず咲いた小さな花にでも譬えたくなるような、この慎ましやかな妖異の物語が存在することさえ私は知らなかった。解説を担当する者として、こんなふうに書きだすのはどうも具合が悪い。そもそも解説を買って出る資格などあるのかと問われたとしたら、正直なところ答えに窮する。にもかかわらず、解説者として名乗りをあげたのは、これが幻想小説として楽しめる作品だと見きわめがついたからである。幻想小説と一口にいっても、もちろん古今東西さまざまな種類があり型がある。そんな百花繚乱のなかに伍して、この『花妖譚』になにか際立った特色が認められるかどうか。そのあたりのことを考察すれば、ひとまず解説として恰好がつかないでもあるまい、という気がしたのである。

しかしそこまで立ちいる前に、まず『花妖譚』十篇が書かれた当時の状況を簡単ながらふりかえっておくことにしたい。

奇妙なことを言うと思われるかもしれないが、『花妖譚』を生んだ作者は司馬遼太郎ではなかった。「森の美少年　花妖譚一」がはじめて発表されたのは、一九五六年（昭和三一年）一月、いまから数えると五十三年も昔のことになる。未生流《みしょうりゅう》家元出版部から発行されていた月刊機関誌「未生」に掲載されたということだが、執筆は前年の年末近くになった頃と推察される。それが誕生の日付だが、そのとき作者は、のちに知らぬ者とてない国民的作家の名となる筆名ではなく、本名の福田定一を名乗っていた。

「森の美少年」を皮切りに、『花妖譚』はほぼ隔月のペースで（ときに二ヶ月つづけて）、翌一九五七年第三号に最後の第十篇「蒙古桜」が発表されるまで、順次「未生」に掲載されていった。その間、作者名は福田定一で通していたのはいうまでもない。存在さえ知らなかったことを弁明するつもりではないけれど、そもそもの発端へさかのぼってみると、そんなふうに目立たない形で、この幻想短篇集は生みおとされた事情が突きとめられる（『花妖譚』は、その後『司馬遼太郎短篇全集』

第一巻〔二〇〇五〕に収録されている）。

　ここでもうひとつ気になるのは、福田定一と司馬遼太郎との境界である。ややこしい言いかたになるが、司馬遼太郎がはじめて小説を発表したのは一九五〇年（昭和二五年）、そのときもまだ司馬遼太郎は未生《みしよう》で作者名は福田定一だった。それから『花妖譚』の年まで六年を数えることになるが、その間に世に送りだされた作品は福田定一の名で通されている。

　作者名にこだわっているのは、『花妖譚』の前年に司馬遼太郎がすでに登場しているからである。そして『花妖譚』が書きすすめられている途中で発表され、「講談倶楽部賞」を受けた「ペルシャの幻術師」の作者名は、司馬遼太郎であった。さらに『花妖譚』十篇が完結した直後に書かれた「戈壁《ゴビ》の匈奴」（一九五七）も、作者名は司馬遼太郎、そしてこれ以降ずっと、司馬遼太郎は最後までこの筆名を通しつづけることになる。

　つまり、『花妖譚』は福田定一時代（あるいは修業的時代）から、司馬遼太郎時代（あるいは本格的作家活動の長い時代）への、移行を劃する記念すべき作品とみなすことができるのではないか。「道化《おどけ》の青春」（一九五五）で司馬遼太郎という筆名をはじめて用いたのには、もちろんそれなりの理由があったはずであるのに間違いはないし、それはどう詮索してみても、文筆活動を本格的に開始する決意と結びついていたとしか考えられない。

そして一年以上にわたって『花妖譚』の諸篇を書きつづける経験が、作家として立つ心構えをますます固めるのに役立たなかったはずはない。そのような点からして、福田定一時代の最後を飾るとともに、司馬遼太郎時代の出発の礎石を固めたこの妖異譚集は、やや風変りな幻想小説という特色のほかに、作者の文学的な閲歴にとって無視できない意味をもつのである。

いつからいつまでと期間を限るのは出来ない相談であるにせよ、この時期に、福田定一＝司馬遼太郎の文学的関心の中心が幻想の世界に占められていたのは間違いない。『花妖譚』とか、また時を同じくして執筆された「ペルシャの幻術師」という題名だけを以てしても、それは推量がつけられる。『花妖譚』の完結から二年半ほど経ったところで刊行され、直木賞を得て出世作となった『梟の城』における忍者の活躍ぶりも、この世ならぬ幻想を好んで織る筆でなければ描きだせない性質のものであった。

ここは幻想小説論を繰りひろげる場所ではないけれども、その名称が当てはまるほどの小説は帰するところ、程度の差こそあれ、人間誰しも心のなかに巣くわせている矛盾した性情に根ざしている事実だけ、ちょっと思いだしておきたい。われわれは日常が平穏無事に過ぎてゆくことを願いながら（あるいは願っているからこそ）、その対極にある怪異、不可思議、神秘、恐怖等々、この世ならぬ事象や事件に出会いたいという正反対の欲望にひそかに動かされてもいる。幻想小説を書く側も読む側も、その根本のところでは同じ列に並んでいる。

この時期、福田定一＝司馬遼太郎が幻想的なものに愛着を寄せていた心情の裏側には、平板で退屈な現実を離れて夢幻の境域にしばし遊楽したい、という気分が働いていたのではないかと推測したら穿《うが》ちすぎになるだろうか。現実の混乱やら不合理やらを批判するとか、まして糾弾したりするのではなく、いっとき現実の制約を振りほどいて想像の赴くまま、多彩な幻想の風景を描きたいという小説家としての欲求が、そこではなによりも優先していた。

花に関係する雑誌（「未生」）を舞台にして、作品を書く機会が訪れたとき、幻想の世界に惹きつけられていた若い小説家が、〝花の妖しさ〟を主題に仕立てたのは当然の選択であった。この世に数々ある花は、それぞれに美しさや馨《かぐわ》しさでひとを楽しませもするが、過度の酩酊感に惑溺させたり、常軌を越えた危ない妄想を誘いだしたりすることもめずらしくない。色彩、形状、香り、さらにまた群生する景観など、花というものが差しだす魅惑のなかに、危険な要素を孕む〝妖しさ〟がたっぷり含まれているのはいうまでもない。

そう、ここでたしかに推量できるのは、『花妖譚』の作者がそういう花の秘密をよく知っていたことである。それを十分に知りつくした上で、その〝妖しさ〟の秘密を手がかりにすれば、幻想小説の興趣へ至る通路が開けると考えたことである。

こうして、まず「水仙」を第一走者に立て、ついで「チューリップ」に引きつぎ、各篇ごとに異種の花を選び、最後の第十走者「桜草」に至るまで、花の〝妖しさ〟を主題とする物語の十種競技が展開される。

十篇の花妖譚が産みだされる母胎として、モンゴル、中国、日本の伝説・伝承が、さらには古代ギリシャの神話が巧みに換骨奪胎されているのは読まれるとおりで、その点については解説などまったく無用であろう。また物語の筋道についても余分な曲折などまったく見当らないし、どの一篇をとっても、すっきり整えられた手際のよさが光っている。妖異、怪奇を語りながら不気味なおどろおどろしさどころか、それよりむしろどこか瑞々《みずみず》しい明るさが張りつめているように感じられるのも、そうした物語としての澄明な整いから生まれた効果であるにちがいない。

そしてまたこの物語の整いのなかには、花にまつわる妖異、怪奇を超えて、人間の性《さが》の不思議さを見つめる作者の若々しい視線が隠されている。『花妖譚』の文学的な成否を握る鍵は、実際のところそこにある。たとえば第三話には、黒い色の牡丹という珍奇な花の発する豊麗な香りの神気を手がかりにして、あの『聊斎志異』の作者の度はずれな性癖に――「神仙怪異」な話の蒐集にかけた異常な情熱に、焦点が合わされる。第十篇「蒙古桜」は、私見によれば、最後を飾るにふさわしく最高の出来ばえに推したいところだが、ここでは、濃艶な怪奇とは遠い可憐な桜草の目立たない美しさを詩想の源にして、純粋な愛に命を賭けた若い男女の汚れのない健気な心情が、悲劇的な散文詩とでもいうべき情調にまで高められる。そのほかのどの花に、人間のどんな性情が託されているか、それを解く楽しみは読者の手に委ねられるのである。

『花妖譚』は一言でいえば、福田定一から司馬遼太郎への転身を飾るにふさわしい作品として位置づけられる。怪異譚、幻談と呼ばれる種類の作品はむろんそれ以前から数多く書かれていたが、いま遠くふりかえってみて、『花妖譚』のどの一篇をとっても認められる簡潔にして速度感のある文体は、当時としては異質の新鮮さにいろどられていたはずであることが分る。明治国家の特質を解剖したり、日本という国の形を解きほぐしたりする論客司馬遼太郎とまではゆかなくとも、後年の小説家司馬遼太郎を予告するものは、ここには既に数多くちりばめられている。司馬遼太郎の故郷ここに在りと見つけたりと書いても、司馬遼太郎は異議なく承認してくれるだろうと信じている。

（文芸評論家）

二〇〇九年二月

「花妖譚」は一九五六年一月から一九五七年三月まで、雑誌「未生」に掲載された。筆者名はすべて「福田定一」。「未生」は一九五四年五月一日創刊の、未生流家元出版部発行の月刊機関誌。未生流は大阪を本拠とする華道の一流派である。

本書は『司馬遼太郎短篇全集　第一巻』（二〇〇五年四月　文藝春秋刊）より、「花妖譚一〜十」を抜粋したものである。

文春文庫

花《か》妖《よう》譚《たん》

定価はカバーに
表示してあります

2009年4月10日　第1刷

著　者　司《し》馬《ば》遼《りよう》太《た》郎《ろう》

発行者　村上和宏

発行所　株式会社　文藝春秋

東京都千代田区紀尾井町3-23　〒102-8008
TEL　03・3265・1211
文藝春秋ホームページ　http://www.bunshun.co.jp
文春ウェブ文庫　http://www.bunshunplaza.com

落丁、乱丁本は、お手数ですが小社製作部宛お送り下さい。送料小社負担でお取替致します。

印刷・凸版印刷　製本・加藤製本

Printed in Japan
ISBN978-4-16-766333-9

文春文庫

司馬遼太郎の本

（　）内は解説者。品切の節はご容赦下さい。

司馬遼太郎
翔ぶが如く（全十冊）
明治新政府にはその発足時からさまざまな危機が内在外在していた。征韓論から西南戦争に至るまでの日本の近代をダイナミックかつ劇的にとらえた大長篇小説。（平川祐弘・関川夏央）
し-1-94

司馬遼太郎
大盗禅師
妖しの力を操る怪僧と浪人たちが、徳川幕府の転覆と明帝国の再興を策して闇に暗躍する。夢か現か——全集未収録の幻の伝奇ロマンが、三十年ぶりに文庫で復活。（高橋克彦・磯貝勝太郎）
し-1-104

司馬遼太郎
世に棲む日日（全四冊）
幕末、ある時点から長州藩は突如倒幕へと暴走した。その原点に立つ吉田松陰と、師の思想を行動化したその弟子高杉晋作を中心に変革期の人物群を生き生きとあざやかに描き出す長篇。
し-1-105

司馬遼太郎
酔って候
土佐の山内容堂を描く「酔って候」、薩摩の島津久光の「きつね馬」、宇和島の伊達宗城の「伊達の黒船」、鍋島閑叟の「肥前の妖怪」と、四人の賢侯たちを材料に幕末を探る短篇集。（芳賀徹）
し-1-109

司馬遼太郎
義経（上下）
源氏の棟梁の子に生まれながら寺に預けられ、不遇だった少年時代。義経となって華やかに歴史に登場、英雄に昇りつめながらも非業の最期を遂げた天才の数奇な生涯を描いた長篇小説。
し-1-110

司馬遼太郎
以下、無用のことながら
単行本未収録の膨大なエッセイの中から厳選された71篇。森羅万象への深い知見、知人の著書への序文や跋文に光るユーモア、エスプリ。改めて司馬さんの大きさに酔う一冊。（山野博史）
し-1-112

文春文庫

司馬遼太郎の世界

（　）内は解説者。品切の節はご容赦下さい。

司馬遼太郎
故郷忘じがたく候
朝鮮の役で薩摩に連れてこられた陶工たちが、帰化しても姓をあらためず、故国の神をまつりながら生きつづけて来た姿を描く表題作のほかに、「斬殺」「胡桃に酒」を収録。（山内昌之）
し-1-113

司馬遼太郎
功名が辻（全四冊）
戦国時代、戦闘も世渡りもからきし下手な夫・山内一豊を、三代の覇者交代の間を巧みに泳がせて、ついには土佐の太守に仕立て上げたその夫人のさわやかな内助ぶりを描く。（永井路子）
し-1-114

司馬遼太郎
夏草の賦（上下）
戦国時代に四国の覇者となった長曾我部元親。ぬかりなく布石し、攻めるべき時に攻めて成功した深慮遠謀ぶりと、政治に生きる人間としての人生を、妻との交流を通して描く。（山本一力）
し-1-118

井上靖・司馬遼太郎
西域をゆく
少年の頃からの憧れの地へ同行した二大作家が、興奮も覚めやらぬままに語った、それぞれの「西域」。東洋の古い歴史から民族、そしてその運命へと熱論ははてしなく続く。（平山郁夫）
し-1-66

文藝春秋編
司馬遼太郎の世界
国民作家と親しまれ、混迷の時代に生きる日本人に勇気と自信を与え続けている文明批評家にして小説家、司馬遼太郎への鎮魂歌。作家、政治家、実業家など多彩な執筆陣。待望の文庫化。
編-2-27

司馬遼太郎
この国のはじまりについて
司馬遼太郎対話選集1
各界の第一人者六十人と縦横に語り合った、司馬対談の集大成。第一巻では林屋辰三郎、湯川秀樹らと日本人の原型、この国の成り立ちをあざやかに俯瞰する。（解説・解題　関川夏央〈全巻〉）
し-1-120

文春文庫

司馬遼太郎の世界

品切の節はご容赦下さい。

司馬遼太郎
日本語の本質
司馬遼太郎対話選集2

大岡信との「中世歌謡の世界」、丸谷才一との「日本文化史の謎」、大野晋との「日本語その起源の秘密を追う」等、六篇を収録。この国の文化と言葉がいかに形づくられてきたのか、本質に迫る。

し-1-121

司馬遼太郎
歴史を動かす力
司馬遼太郎対話選集3

海音寺潮五郎との、二昼夜に及ぶ対談「日本歴史を点検する」をはじめ、江藤淳、大江健三郎等八人が登場。歴史の転換期、おもに坂本龍馬、吉田松陰らが活躍した幕末を振りかえる。

し-1-122

司馬遼太郎
近代化の相剋
司馬遼太郎対話選集4

湾岸戦争が勃発し、ソ連が崩壊した九〇年代初め、司馬は孤独であった。漂流を続ける「戦後日本」に強い危機感を抱きながら萩原延壽、西澤潤一等と語る〝近代化で得たもの失ったもの〟。

し-1-123

司馬遼太郎
日本文明のかたち
司馬遼太郎対話選集5

司馬が〝懐しい人〟と形容し長く交遊関係を続けたD・キーンと語る、日本人のモラル・戦争観・文化。山本七平との「日本人とリアリズム」も収録。視野広くこの国の人と文化を分析する。

し-1-124

司馬遼太郎
戦争と国土
司馬遼太郎対話選集6

土地を公有化しなければこの国は滅びる——後のバブル崩壊を予期するような発言を司馬は七〇年代から繰り返す。敗戦体験は我々に何を遺したのか。野坂昭如・松下幸之助らが登場。

し-1-125

司馬遼太郎
人間について
司馬遼太郎対話選集7

資本主義の終焉後には、現代文明に中毒していない人間が生き残り、新たな時代を切り拓く……。今西錦司の壮大な予測にはじまり、高坂正堯・山崎正和など五人と人類の未来を語る。

し-1-126

文春文庫

アジアと日本を読む

（　）内は解説者。品切の節はご容赦下さい。

司馬遼太郎
宗教と日本人
司馬遼太郎対話選集8

「伊藤博文は、キリスト教に支えられたヨーロッパ近代に対抗するため『万世一系ノ天皇』を打ち出した」。山折哲雄と明治維新を語り、立花隆・宮崎駿など七人と東西の宗教を眺望する。

し-1-127

司馬遼太郎
アジアの中の日本
司馬遼太郎対話選集9

普遍的な思想より技術の洗練にはしる日本的特質を認め、それが朝鮮占領など、近代のアジア諸国侵略とどう関連するかを考える。ゲストは桑原武夫・陳舜臣・開高健・金達寿・李御寧。

し-1-128

司馬遼太郎
民族と国家を超えるもの
司馬遼太郎対話選集10

どの民族にも便利な技術として受容される〈文明〉に対し、不合理かつ強烈に排他主義になる〈文化〉の奥深さと危険性を、佐原真・岡本太郎など七人と、古代日本を通して見つめる。

し-1-129

関川夏央
司馬遼太郎の「かたち」
「この国のかたち」の十年

司馬遼太郎が晩年の十年間その全精力を傾注した「この国のかたち」。原稿に添えられた未発表書簡、資料の検証、関係者の証言を通じて浮かび上がる痛烈な姿と「憂国」の動機。（徳岡孝夫）

せ-3-7

陳舜臣
秘本三国志（全六冊）

群雄並び立つ乱世を描く『三国志』を語るに著者に優る人なし。前漢、後漢あわせて四百年、巨木も倒れんとする時代に、天下制覇を夢みる梟雄謀将が壮大な戦国ドラマを展開する。

ち-1-6

陳舜臣
秦の始皇帝

中国を理解しようと思えば、始皇帝を知らなければならない。何故ならば彼が中国を初めて天下統一したからだ。統一中国の生みの親である始皇帝は二十一世紀の中国に今も生きている。

ち-1-17

文春文庫

読書案内

（　）内は解説者。品切の節はご容赦下さい。

半藤一利
歴史をあるく、文学をゆく

歴史と文学を偏愛する著者が、探偵眼を光らせつつ日本史争乱の六舞台を歩く第一部。芭蕉、漱石、荷風、司馬遼太郎、藤沢周平の七作品世界を訪ねる第二部。読者を旅に誘う。（冨田均）

は-8-13

河野多惠子
小説の秘密をめぐる十二章

「デビューについて」「タイトルをどうつけるか」「虚構の作り方」……。小説家にしか書けない極めて実践的な創作心得。「創作の秘密」を惜しげもなく明かす画期的な本。（高橋源一郎）

こ-28-2

林真理子
林真理子の名作読本

文学少女だった著者が、「放浪記」「斜陽」「嵐が丘」など、今までに感動した世界の名作五十四冊を解説した読書案内。また簡潔平明な内容で反響を呼んだ「林真理子の文章読本」を併録。

は-3-27

宮本輝
本をつんだ小舟

コンラッドの『青春』、井上靖の『あすなろ物語』、カミュの『異邦人』等、作家がよるべない青春を共に生きた三十二の名作。自伝的な思い出を込めて語った、優しくて痛切な青春読書案内。

み-3-11

村上春樹
若い読者のための短編小説案内

戦後日本の代表的な六短編を、村上春樹さんが全く新しい視点から読み解く。自らの創作の秘訣も明かしながら論じる刺激いっぱいの読書案内。「小説って、こんなに面白く読めるんだ！」

む-5-7

斎藤美奈子
読者は踊る

私たちはなぜ本を読むのか？　斬新かつ核心をつく辛口評論で人気の批評家が、タレント本から聖書まで、売れた本・話題になった本二五三冊を、快刀乱麻で読み解いてゆく。（米原万里）

さ-36-1

文春文庫

読書案内

（　）内は解説者。品切の節はご容赦下さい。

寺田博
決定版 百冊の時代小説

林不忘、国枝史郎から宮本昌孝、乙川優三郎までの新旧併せて百本の名作時代小説を、剣客、忍法、武士道、捕物、股旅、幕末といったジャンルに分けて読み解くハンディなブックガイド。

て-6-1

坪内祐三
文庫本福袋

話題作、古典の中の古典、懐かしい作家……。文庫本はさまざまな顔を見せてくれる。本書は、当代随一の本読みの達人が贈る極上の文庫本読書案内。中は開けてのお楽しみ！（中野翠）

つ-14-2

間羊太郎
ミステリ百科事典

眼、首、時計、人形、手紙…等々、ミステリ小説で好んで用いられるモチーフ、トリックを、古今東西の名作、奇作から映画、落語に至るまで渉猟、解説した名著。待望の復刊。（新保博久）

は-31-1

養老孟司
臨床読書日記

酒に、嬉しい酒、悲しい酒があるように本もまた然り。では、疲れたときに読む本、草の根をかき分けても読みたい本とはどんな本？　つい読んでみたくなる「本の解剖教室」。（長薗安浩）

よ-14-3

立花隆
ぼくはこんな本を読んできた
立花式読書論、読書術、書斎論

実戦的読書法、書斎・書庫をめぐるあれこれ、そして少年時代以来の驚異的な読書遍歴――。旺盛な取材、執筆活動の秘密と「知の世界」構築のためのノウ・ハウを全公開する。

た-5-8

立花隆
ぼくが読んだ面白い本・ダメな本 そしてぼくの大量読書術・驚異の速読術

ふだん書評では扱われない面白本三百冊を紹介し、ダメな本は徹底的に批判する。立花隆の知的好奇心、知的ノウハウを凝縮した一冊。『「捨てる！」技術』批判論文をあわせて収録する。

た-5-15

「司馬遼太郎記念館」への招待

司馬遼太郎記念館は自宅と隣接地に建てられた安藤忠雄氏設計の建物で構成されている。広さは、約2300平方メートル。2001年11月に開館した。

数々の作品が生まれた自宅の書斎、四季の変化を見せる雑木林風の自宅の庭、高さ11メートル、地下1階から地上2階までの三層吹き抜けの壁面に、資料本や自著本など2万余冊が収納されている大書架、……などから一人の作家の精神を感じ取っていただく構成になっている。展示中心の見る記念館というより、感じる記念館ということを意図した。この空間で、わずかでもいい、ゆとりの時間をもっていただき、来館者ご自身が思い思いにしばし考える時間をもっていただきたい、という願いを込めている。（館長　上村洋行）

利用案内

所在地　大阪府東大阪市下小阪3丁目11番18号　〒577-0803
TEL　06-6726-3860，06-6726-3859（友の会）
HP　http://www.shibazaidan.or.jp
開館時間　10:00～17:00（入館受付は16:30まで）
休館日　毎週月曜日（祝日・振替休日の場合は翌日が休館）
特別資料整理期間（9/1～10）、年末・年始（12/28～1/4）
※その他臨時に休館することがあります。

入館料

	一般	団体
大人	500円	400円
高・中学生	300円	240円
小学生	200円	160円

※団体は20名以上
※障害者手帳を持参の方は無料

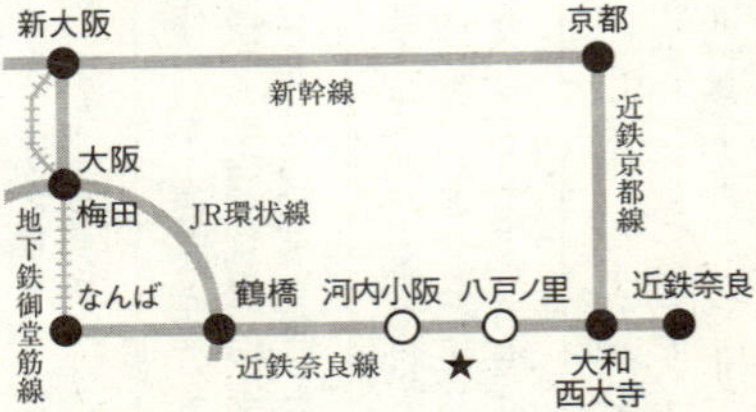

アクセス　近鉄奈良線「河内小阪駅」下車、徒歩12分。「八戸ノ里駅」下車、徒歩8分。
Ⓟ5台　大型バスは近くに無料一時駐車場あり。但し事前にご連絡ください。

記念館友の会　ご案内

友の会は司馬作品を愛し、記念館を支えてくださる会員の皆さんとのコミュニケーションの場です。会員になると、会誌「遼」（年4回発行）をお届けします。また、講演会、交流会、ツアーなど、館の行事に会員価格で参加できるなどの特典があります。

年会費　一般会員3000円　サポート会員1万円　企業サポート会員5万円
お申し込み、お問い合わせは友の会事務局まで
TEL 06-6726-3859　FAX 06-6726-3856